TO YOU

如果你爱我，给我写一封情书

糖炒栗子 ❤ 著

RUGUO NI AI WO,
GEI WO XIE YIFENG QINGSHU

北方妇女儿童出版社

长春

本书使用说明

这是一本神奇的手抄书！

你可以使用任意代表你心情颜色的笔来抄写。

等待爱时，你可以抄写它来学习如何去爱；

热恋时，你可以抄写它来为彼此增添情趣；

暗恋时，你可以抄写它来缓解压力，传递爱；

失恋时，你可以抄写它来放松身心，疗愈情伤……

一个人，一本手抄书，享受下午茶的宁静；

两个人，两杯咖啡，享受流淌在文字中的爱情。

先 读 一 段 文 字，这 个 故 事、这 段 心 情 是 不 是 你 也 有 过？

愿那些不能爱了的爱，
福过之后能在心底认真面对又平静地告别

从前，有一只痴情的公狼，无法自拔地爱上了一只美丽又年轻的母狼。

狼王无奈，这注定了狼的爱情要以悲剧收场。因为它和这分别狼了两个完全不同的世界，不仅如此，它们还是整对的关系。

狼一直竭尽地追逐着母狼，有一天，它突发奇一直不服，根本地搞不了，"引诱动作电枪一息的时候，因痛者别人的脸的脚围，说，"你不能死，你吃了我们！"

倒地力竭的羊下瞑目，"你是谁，为什么？"
因这忘记有一只痴着有情的母狼。

狼说："不可能，我们必定死。"

故事的结局是，狼咬成了自己的咽喉，死在了咽喉间。临死前，它对情说："爱着你，我是那美好，但看着这事情，我义愿意要的，今生也许只有以吃来弥补你的错误，时脑我的错误，为你的情，虽只有这样，我只有这结，也只有这样，才能让你能有更……"这注定是悲剧。因此，一场不可能的境。

在感情的世界里，若只在乎自己的得失，有些缘份是永永不会有结果的。换然如初，却不如平心的包绕，转身离去，不再因着那些可能因了自己的人、事、物，也不再为些因着不属于自己的人、事。我爱着自己的人，伤心与身心健康，伤前堪累。

你可以使用
任意代表你心情颜色的笔来抄写。

我曾经爱过你
爱情也许在我的心里
还没有完全消失
但愿它不会再去打扰你
我也不想再让你难过悲伤

我曾经默默无语地
毫无指望地爱过你
我既忍受着羞怯
又忍受着嫉妒的折磨
我曾经那样真诚

亲爱的，
你愿意和我结婚吗？
不论顺境、逆境、
健康、疾病，
都生生世世不离不弃？

目 录

如果你爱我
给我写一封情书

遇见

悄悄爱着，倾心爱着，
生命也顿时觉得有了色彩

　　辗转红尘，云卷云舒，恍惚觉得与另一个人相遇是上苍有意的安排。一场相遇，赐予了彼此最纯净温暖的容颜，也是彼此最珍贵的礼物。曾经那颗空荡的心，那个对所有的世俗都可以置之不顾的孩子，开始为情所系，为爱所忧。在如此美好的流年里，千万分之一的机会遇到了对方，然后悄悄爱着对方，倾心爱着，生命也顿时觉得有了美丽的色彩。在这样青葱的岁月中，每一天，都充满甜蜜与新鲜，爱情的魔力如此这般。

　　由陌生到相识，由相识到相知，爱情也不能脱俗，一男一女总是在陌生中相遇、相知、相爱。对于这种缘分，我们都会发出同样的声音：原来你也在这里。是的，伸出你的手，伸出我的手，两个本来陌生的生命就可以相互融化，两种简单的思想就可以共同升华；你向前走一步，我向前走一步，彼此之间的距离就不断地缩短甚至完全消失，爱情的火花就有了滋生的机会。

爱要这样说

　　于千万人之中遇见了你所要遇见的人，于千万年之中，时间的无涯的荒野里，没有早一步，也没有晚一步，刚巧赶上了，那也没有别的话可说，唯有轻轻地问一声："噢，你也在这里吗？"

　　　　　　　　　　　　　　　　——张爱玲

陪着你绽放，不问他对自己牺牲与付出多少

　　眷恋着一个人，因为不自信或者不现实的因素选择默默地看着，陪着他绽放，却不问他对自己牺牲与付出多少。如三毛所说"不求与他一生相守，只求上苍能让他们这样一直依偎"，一切就已经足够。这何尝不是爱情的一种美丽，有一点苦涩，有一点艰辛，爱到飞蛾扑火，却无怨无悔。

爱要这样说

世界上最远的距离
不是生与死的距离
而是我站在你面前
你不知道我爱你

世界上最远的距离
不是我站在你面前
你不知道我爱你
而是爱到痴迷
却不能说我爱你

——泰戈尔

只想把你放在心中，
没有什么可以被夺走

遇上你，好像夏天青色藤蔓上开出的淡雅花朵，虽然模糊单薄，但却像雨后屋窗里点亮的一盏烛火，忧伤而动人。

单恋最大的好处就是，自己给这段爱情赋予的一切色彩不会随着世事变迁、斗转星移而改变，却能因为自己的幻想而愈发变得浪漫、美丽。只想把对方放在自己心中，如此一来，没有什么可以被夺走。

无所谓获得，也就无所谓失去。单恋的感情融化了失落与憧憬两个极端心情，成为记忆，被藏在内心的角落，永不会丢失。且等某些时刻，比如独处之时，比如伤感之时，呼啸而出，悄然盛放，含着微笑与安详，回忆那个我们曾偷偷喜欢的那个人。

爱要这样说

> 如何让你遇见我
> 在我最美丽的时刻
> 为这
> 我已在佛前求了五百年
> 求佛让我们结一段尘缘
> 佛于是把我化作一棵树
> 长在你必经的路旁
> 阳光下
> 慎重地开满了花
> 朵朵都是我前世的盼望
>
> ——戴望舒

遇见你，宇宙都变得美好

荷西：你是不是一定要嫁个有钱人。

三毛：如果我不爱他，他是百万富翁我也不嫁；如果我爱他，他是千万富翁我也嫁。

荷西：……说来说去你还是要嫁有钱人。

三毛：也有例外的时候。

荷西：如果跟我呢？

三毛：那只要吃得饱的钱也算了。

荷西思索了一下：你吃得多吗？

三毛十分小心地回答：不多，不多，以后还可以少吃点。

爱要这样说

遇上你，
我的心变得很低很低，
一直低到尘埃里，
但我的心是欢喜的，
并且在那里开出一朵花来。

——张爱玲

你的爱，原本就是个奇迹

　　女人在一年多前遭遇了一场突如其来的意外，让她的腰部以下毫无知觉。这个打击让女人开始消沉。

　　在出事之前的一个月，男人买了一套房子，是六楼。听到这个消息，女人生气了："为什么不买一楼呢？轮椅可以直接进出。"男人笑着说：我可以背你进出啊，再说难道你还想一辈子坐轮椅不成？六楼有什么不好呢？空气好，光线好，还不吵，等你腿好了，我们还可以锻炼身体……"女人开始沉默了。

　　每天黄昏，男人都要推女人去小区花园里散步。他小心翼翼地将女人从六楼背下来。然后，他一边推着他的女人，一边同女人轻声地交谈。落日余晖给两人镶上淡淡的金色轮廓，女人的脸上，盈满幸福和感恩。他们出来散步，并不仅仅是为散心。每一天，女人都会小心地扶着男人，艰难地练习走路。

　　其实，起初男人并没有买到六楼的那套房子。那套房子已经被售楼

爱要这样说

　　我生存，你是我生存的河道，理由同力量。你的存在，则是我胸前心跳里，五色的绚彩。

　　　　　　　　　　　　　　　　——林徽因

公司卖给了他们的邻居，整栋住宅楼只剩下一楼的一套住宅。可是男人找到了邻居，商量将他们的楼层对调一下。

邻居大为不解。"假如我们住到一楼，我妻子也许会对自己失去希望的。"男人说，"她会以为自己真的从此站不起来。"

"六楼会给她信心……我会告诉她，之所以买下六层，是因为，当你的腿好了，爬爬楼梯就等于锻炼了身体。"停顿了一会儿之后，男人接着说，"即使她真的永远站不起来，我也不会后悔。我愿意一辈子背着她，上楼，下楼，上楼，下楼……为了她心中仅存的一点希望，我认为这一切都是值得的。"

两年以后，出乎意料的是，女人真的可以一个人站起来了。那天，她终于鼓足了勇气，挂着双拐，一步一步往楼梯上爬。她拒绝了所有人的帮助，她说："我可以……为了我的丈夫，我一定可以。"当她终于独自爬完这72级台阶时，她与男人站在自家门前，紧紧相拥，喜极而泣。

当你认为自己不美丽的时候，
那时便是我的错

当女孩年轻的时候，女孩不停地问男孩："我美丽吗？"

男孩不假思索地回答："你当然美丽。"

当女孩眼睛周围有了第一条皱纹时，女孩问男孩："我美丽吗？"

男孩说："你美丽依旧！"

已不是女孩的妻子追问道："是从前美丽，还是现在美丽？"

不再是男孩的丈夫回答道："现在最美丽！"

妻子满怀喜悦，她相信自己这一刻比以前任何时刻都美。

当妻子脸上有了岁月的痕迹时，妻子还在问丈夫："我美不？"

此时丈夫爽朗地回答："你在我心里永远美丽！"

当白发苍苍的妻子发觉自己对抗不了光阴的时候，妻子还是在问丈夫："我还美丽吗？"

丈夫张开满是假牙的大嘴说道："你任何时候都美丽，因为你的美丽是我一辈子最喜欢的！"

满头银发的妻子感动得热泪盈眶，微笑着问丈夫："那我究竟什么时候最美丽？"

满脸皱纹的丈夫紧紧握住妻子的双手回答道："任何时候你都最美，当你认为自己不美丽的时候，那时便是我的错！"

爱要这样说

如果我将来还可以笑一万次，我愿意将九千九百九十九次都给你，我只留一次，我要用那一次，陪你一起笑一次。

——桐华

繁花似锦，再也入不得眼，进不得心

在年轻的时候，如果爱上一个人，不管相爱时间长短，一定要温柔相待，所有的时刻都要珍惜，这样就会生出一种无瑕的美丽。假如不得不分离，也好好再见，将这份情谊和记忆深藏心底。等长大了就会知道，"在蓦然回首的刹那，没有怨恨的青春才会了无遗憾，如山冈上那轮静静的满月。"

那些流年似水的日子，也因为这份爱而终生怀念。茫茫人海，没有早一步也没有晚一步，恰好在最好的年华遇到了最爱的人；这一生，繁花似锦，便再也入不得眼，进不得心。这既是对爱情的坚贞，也是对往事的怀念。

爱要这样说

执子之手，陪你痴狂千生；
深吻子眸，伴你万世轮回。
执子之手，共你一世风霜；
吻子之眸，赠你一世深情。

——仓央嘉措

爱情不是必需，少了它心中却也荒凉

世间的女子，无论被爱情伤得如何走投无路，当有一天伤口被时间抚平，仍会不由自主地再开始一段爱情。因为，我们需要爱情。

再怎么穷凶极恶的一个人，心中都有爱的种子。当我们来到人世，爱就开始在心中发芽。我们灵魂中，就注定有圆满的欲望；我们身心，就必然有爱的需求。

万物因爱而生，而互为滋长。印度最古老的经书《梨俱吠陀》129 颂中歌道："爱，这是精神的基原和胚芽，凭借爱冥思求索之仙人，在无存中揭示存在之关联。"

享受爱情，是件很美好的事。

爱要这样说

如果一开始，
你就不要出现在我的面前，
那么，
我也许就不会知道幸福的滋味……

——席慕蓉

....
....
....
....
....
....
....
....
....
....
....

于一生中美丽盛放的时间遇见你，遇见一场华丽的爱情

张爱玲曾在《十八春》里这样描述沈世钧与顾曼桢的爱情：这是他第一次对一个姑娘表示他爱她。他所爱的人刚巧也爱他，这也是第一次。他所爱的人也爱他，想必也是极普通的事情，但是对于身当其境的人，却好像是千载难逢的巧合。

我爱你，因为你是你，最真实的你，而不是你所代表的角色和身份。除此，我爱你还因为与你在一起时我的样子，我看到了真实的自己。所以，我爱你就像是我爱我自己。

我爱你还因为为了你我能做的事，我可以放弃自己的小毛病、小缺点，逐渐在完善自己，我看到了最美丽的自己。

我爱你，你爱我，找到了真正的爱情之后，才发现原来爱不是很多人认为的罗曼蒂克的爱情——那些其实只是幻象，而真正的爱，它来自于心轮的震动，来自于默默地包容，来自于不放弃不抛弃，甚至可以说来自于你的存在，跟你自己的存在一样久远，它与我们自己有着最亲密的关系。

爱要这样说

一生恰如三月花，
倾我一生一世念，来如飞花散似烟。
醉里不知年华限，当时花前风连翩。
几轮春光如玉颜，
清风不解语，怎知风光恋。
一样花开一千年，独看沧海化桑田。
一笑望穿一千年，笑对繁华尘世间。
轻叹柳老不吹绵，知君到身边。

——纳兰容若

你出现在我的年华里，
才让我每一天都值得回忆

　　人人都想要在最美的年华里遇见最美的爱情，可青春易散容颜易老，一旦错失，也许就是一辈子的憾事。真正的爱情，从来都不是只出现在最美时光中的稀客。不是因为我出现在你的年华里，而是因为在这样的时光中有了爱情的甜蜜，才让相守的每一天都值得回忆。

　　即便是曾经和爱情错过，也永远都会在心底牢牢记住爱人的模样。虽然有些路终究无法同行，可在一起的点滴都是对彼此最好的鼓励。在每一个转角，每一个绳结之中，都会藏着爱情的秘密符号。有缘的人捡起，有心的人却懂得就此爱上你。所以即便错过了，那份尚没有来得及开花结果的爱情也必定是一场低调的辉煌。只可惜，有些人空有华丽的一生，却遇不到一次简单的真爱。虽有无数人与他同行，却没有一个红颜知己。

爱要这样说

　　　既已相遇，何忍分离，
　　　愿年年岁岁永相依，
　　　柔情似水，佳期如梦，
　　　愿朝朝暮暮心相携。

——琼瑶

最美好的等待便是恰逢花开

荷西承诺让三毛等自己六年，

"六年后我来娶你。"

因此三毛便一直等待着荷西，虽然最终他们没能相守到老，但他们依旧是幸福的。

等待一场姹紫嫣红的花事，是幸福；在阳光下和喜欢的人一起筑梦，是幸福；守着一段冷暖交织的光阴慢慢变老，是幸福；而最幸福的，还是在等待的时光里，恰逢花开，而和我一起赏花的是你。

爱要这样说

为了今生遇见你，
我的前世早已留有余地。

——仓央嘉措

当你开始习惯生命中的平淡时，相遇才会在最意外的时候发生

其实，天下的事大都像穿新鞋一样外表好看内里苦，只是局外人没有看到没有想到而已。我们只是看到表面的一切，就羡慕就眼红就向往，最是愚蠢不过的事。他告诉我们的是一场早已经发生的人生，这世上从来就不存在该不该的问题。只有我们自己还愿意停留在过去的回忆漩涡中，痴痴等待。

愚蠢的是，我们每一个人都只懂得开始的幸福，甚至我们都懂得过程中的艰辛，却没有一个人明白，只有历经过这些幸福和艰辛后换来的平淡，才是真。那些在岁月中逐渐苍老的心啊，再也无法回到当初的宁静。时间留给他们的，只是一场场抓不到的向往，费尽努力，却只换来一场场的空。

有些美丽，终究会被错过。既然不能去履行生命的邀约，那爱情，也就应该于此归于静默。你若还要相守，不妨于原地安心等待一场缘分，当你开始习惯生命中的平淡时，相遇才会在最意外的时候发生。

爱要这样说

在人群中偷看你的笑脸，恍惚间仿佛回到从前。会不会有一天我们再一次地偶然相遇，一见钟情，然后彼此相恋？

——张爱玲

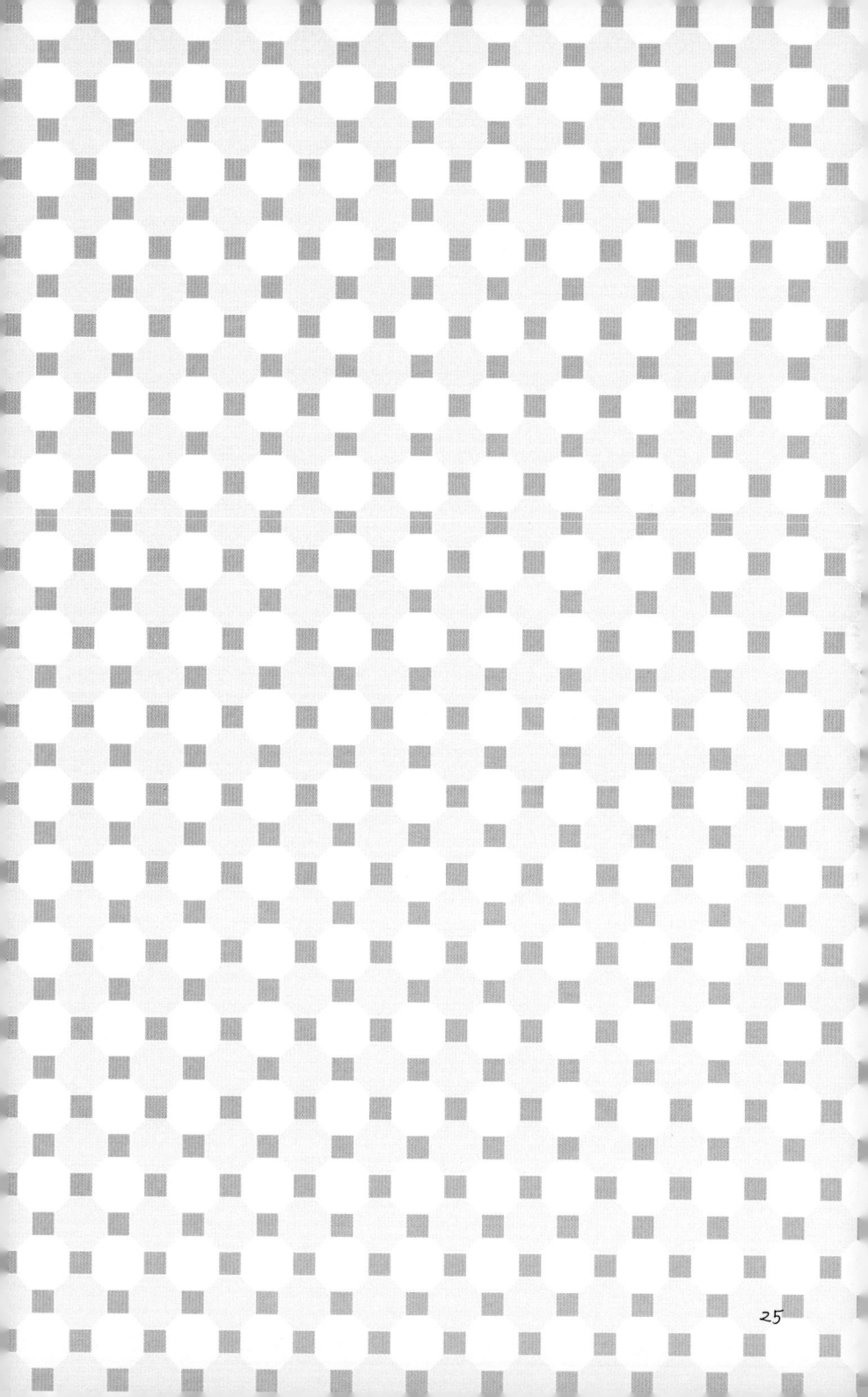

如果遇到的是你，晚一点真的没关系

"你相信有永远的爱吗？"

"我相信。"

"你拥有过吗？"

"还没有。"

"那你为什么相信？"

"相信的话，会比较幸福。"

好一句"相信的话，会比较幸福。"人一生最幸福的事莫过于在对的时间里遇见对的人，正因为如此，每个人的内心深处，都住着一个等爱的小孩。

但是，爱情不是你想让它降临，它就会降临的。张小娴说："成熟的感情都需要付出时间去等待它的果实。"遗憾的是，大多数的人都欠缺耐心。这一点，张小娴也看得最透——有谁会用十年的时间去等一个远行的人。有谁会在十年的远行之后，依然想回头找到那个人。有些爱情因为太急于要得到它的功利，但却无法被证明，于是也就不能成立。

爱要这样说

不知多少次，
暗中祷告，
只为了心中的梦，
不再缥缈。

有一天，
我们真的相遇了，
千万欣喜，
竟什么也说不出，
只用微笑说了一句：
能够认识你，真好！

——汪国真

有时候想念爱情，
往往想念的是那场相遇

　　我知道，如果你从来没有出现，我还是一样会平凡地走过生命中的每一天，依旧努力着让自己爱上某一个足够优秀的灵魂。尽管曾经给自己设立过关于在爱情中如何做选择的条条框框，可那些都只不过是说给其他人听的假象罢了。你甚至连自己都不清楚心中的爱情该是何种模样。

　　很多时候，我们并不是怀念某一年的日子，而只是在一个恰好的午后，想起了某一个瞬间。人类的大脑真是个奇怪的东西，偏偏越是短暂的事情它记忆得越牢靠。并且，你根本就不知道自己会被哪些片段感动，直至在某个时候不经意地翻起碰触，才明白那些过往，都是一辈子舍不得抹掉的回忆。

　　直到他的出现，在阳光晃过眼睛的一瞬间，你仿佛是穿越了时空，那眼前的森林也变得多彩起来。他并不英俊，当然与你曾经和别人提到过的选择标准相差甚远，但你却抑制不住多看他两眼的冲动。或许，你并不承认这是爱情的开始，但这的确是个开始，纵然我们都不知道故事最后的结局究竟是喜是悲。

　　多年以后想起那一年的故事，大概也会满是暖暖阳光的味道。

爱要这样说

如果可以和你在一起，
我宁愿所有的星光全部陨落，
因为你的眼睛便是我生命里最亮的光芒。

——郭敬明

28

只因为曾经相遇过你，
就注定了美好

　　有些人有些事，总是只能活在回忆和畅想中。一旦沾染了现实的泥土，就会凋零衰败，我们心中曾有过的完美意象便不复存在。

　　席慕容说："其实，我盼望的，也不过就只是那一瞬，我从没要求过，你给我，你的一生。"所谓爱情，也只是绽开在那一瞬间的故事，不论之后是坚守还是错过，其实都已经无关紧要了。只因为曾经相遇过，就已经注定了所有美好。

爱要这样说

　　假如我来世上一遭
　　只为与你相聚一次
　　只为了亿万光年里的那一刹那
　　一刹那里所有的甜蜜与悲凄
　　那么就让一切该发生的
　　都在瞬间出现
　　让我俯首感谢所有星球的相助
　　让我与你相遇
　　与你别离
　　完成了上帝所作的一首诗
　　然后 再缓缓地老去

　　　　　　　　　　　　——席慕容

还记得初见你时，满树花开

宋丹丹老师说过这样一句话：

"原本只想要一个拥抱，一不小心多了一个吻，然后你发现需要一张床、一套房、一个证……离婚的时候才想起：你原本只想要一个拥抱。"人性贪婪，我等庸人，总是无法放下世俗的种种诱惑，患得患失，终究逃不过自寻烦恼。

人生若只如初见，那冥冥中注定的惊鸿一瞥，定格一瞬间，却又转瞬即逝，带走了无限的想象空间和美好记忆。不必担心它如樱花般灿烂易逝，不必纠结于失去后的落寞忧伤，不必害怕它如华丽舞台般黯然谢幕。

爱要这样说

你的眼睛还没掉转来望我，只起了一个势，我早惊乱得同一只听到弹弓弦子响中的小雀了。我是这样怕与你灵魂接触，因为你太美丽了的缘故。

——沈从文

32

妖若有情妖非孽，人若无情枉为人

如今的年轻男女，最多的时间都花在为工作、为事业的忙碌上。越来越没有时间去谈"没有结果"的恋爱。所以涌现出了许多相亲的节目和婚介公司。有些还做得声势浩大。亲友之间也非常热衷于为未婚的男女当红娘。在这个过程中，有一个标准被用得最多，就是"合适"。

什么是合适？世俗的概念，无非是，可以走到结婚那一步。

爱情如果是以结果为导向，那么注定悲剧要远远多过于喜剧。在任何时候，任何人眼中，"爱情"都是一个浪漫的、令人心动的词。爱情应该永远是我们最永恒的主题，你走进我，我走进你，爱的序曲就开始响起。

而一场没有爱的恋爱或婚姻，毫无意义。

爱要这样说

我只愿意凭着这一点灵感的相通，时时带给彼此以慰藉，像流星的光辉，照耀我疲惫的梦寐，永远存一个安慰，纵然在别离的时候。

——朱生豪

34

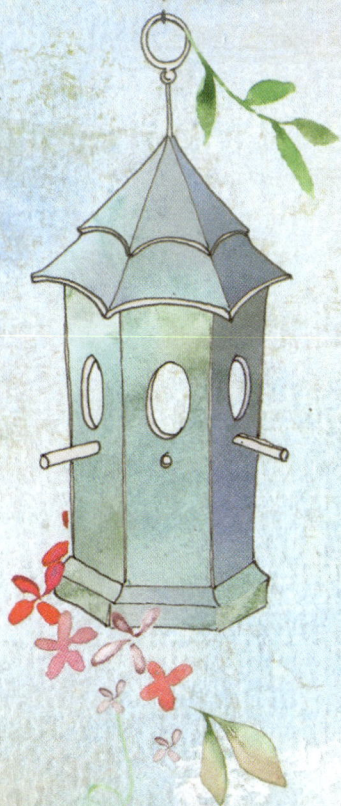

爱
上

爱情要融入微小的生活中，才会永恒

一场没有爱的恋爱或婚姻，毫无意义。

他和她分别生活在两座城市。他们彼此喜欢对方但却相互不知道，一天，她给他写了封信：

"来玩吧，这里靠海，而且有很多古迹。"如果他来，就证明他对她是有意思的，如果不来也可以交待得过去——不过是请同学来玩而已。

没想到他真的来了，她带他去城市里最美丽的公园。忽然，她踢到了一块石头，不小心摔倒了，丝袜被扯破了，他立刻蹲下来，着急地说："是不是很疼？"说完，他又说，"你等等我。"

过了好长时间，他手里拿着两样东西回来：一双同样颜色的长筒丝袜和几张创可贴。她看着他忙来忙去的样子，看着他额头上渗出的细密汗珠，看着他细心地把创可贴贴在自己的脚踝上，刹那间，心里一片桃花般温柔。这个细节，已经打动了她。

他们去吃饭，他体贴而细心地问："喜欢吃什么？"

爱要这样说

当我拥有你，无论是在百货公司买领带，还是在厨房收拾一尾鱼，我都觉得幸福。爱像一股暖流滋润着我。当我失去你，即便面对鸟语花香我也兴味索然。一切显得落寞、虚空。善于感知的心变得迟钝，甚至无法捕捉自己的灵魂。

——川端康成

她笑："应该是我问你，你是客人呀。"

他也笑了，然后点了几个菜，菜上来后，她吃了一惊，那几个菜，全是她爱吃的，尤其是其中的鱼香茄子。曾经，在偶然的一次联欢会上，她说过她最爱吃茄子，各式各样的茄子，但最喜欢吃鱼香茄子。

送他走的时候，车来了，他看了一眼，说："人太多了，等下一辆吧。"

第二辆车又来了，没有几个人，她问："走吗？"

他笑了笑："我能再等下一辆吗？"

她一下子就笑了，脸红成一个苹果，这样的细节，还不是爱情吗？

第三辆车来的间隔里，他们就那么看着对方，笑着，他伸出手来，说："下次，我还想来看你。""不。"她说，"我去看你。"

车终于没了踪影，她收到他的短信：你想知道我是否爱着你，对吗？

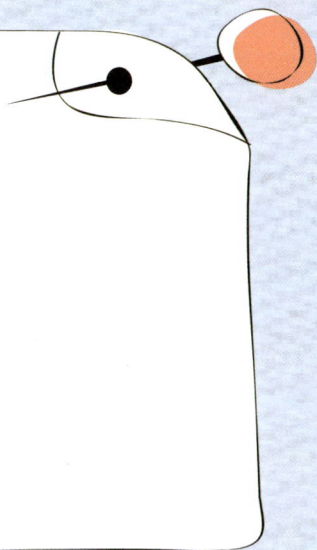

我一天天明白你的平凡，
也一天天更爱你

　　最深最重的爱，是要和时日一起成长的。不需要海枯石烂的山盟海誓，只需一生一世的默默相守。不需要奢华的烛光晚餐，只需两人一桌的粗茶淡饭。不需要有座别墅，面朝向大海，春暖花开；只需一套能住的房，一页落地窗，一米阳光；不需要鲜艳美丽的玫瑰花，只需一个宽厚可靠的肩膀。

　　这就是爱，平淡却幸福着；这就是爱，简单并快乐着。

爱要这样说

　　我一天一天明白你的平凡，同时却一天一天愈更深切地爱你。你如照镜子，你不会看得见你特别好的所在，但你如走进我的心里来时，你一定能知道自己是怎样好法。

　　　　　　　　　　　　　　　　——朱生豪

41

常常关怀胜过一万个"我爱你"

　　天长地久的爱情，不需要太多的"我爱你"和"永远在一起"，也不需要承诺地老天荒、海枯石烂，简简单单的一句"多穿点衣服""照顾好自己""出门开车小心""吃饱饭"就足够了。爱不需要说得太多，爱也不需要说得太华丽。

爱要这样说

　　纤云弄巧，飞星传恨，银汉迢迢暗度。金风玉露一相逢，便胜却人间无数。柔情似水，佳期如梦，忍顾鹊桥归路。两情若是久长时，又岂在朝朝暮暮。

——秦观

深爱，最后便成了习惯

　　爱情其实本身就是一种习惯，你习惯生活中有他（她），他（她）也习惯生活中有你，两个人在一起待时间久了，自然会彼此依赖。很多已经结婚的人经常会说根本就不喜欢自己的爱人，不喜欢那个人的易怒；不喜欢那个人的倔强；不喜欢那个人的矫情；不喜欢那个人的懒散等，只是因为生活中早已经习惯了有他（她），好像生活中没有他（她）根本就进行不下去似的。

　　殊不知其实这就是我们一直在苦苦追求的爱，爱情本身就是一种依存，一种习惯，一种熟悉的陌生。只是因为"旁观者清、当局者迷"，你身在其中太久了，而忘记了爱的本质其实就是这些。

爱要这样说

　　习惯失眠，习惯寂静的夜，躺在床上望着天花板，想你淡蓝的衣衫。习惯睡伴，习惯一个人在一个房间，抱着绒绒熊，独眠。习惯吃咸，习惯伤口的那把盐，在我心里一点点蔓延。习惯观天，习惯一个人坐在爱情的井里，念着关于你的诗篇。

　　　　　　　　　　　　　　　　——徐志摩

44

相扶到老，终会退去繁华与浪漫

爱情在刚一开始应该是一种淡淡的喜欢，一种心动的感觉，一种充满勇气告白的力量，或者是彼此之间的信任与爱慕，一种生命深处的激情，一段浪漫兴奋的高峰。

而当它一旦被认可和确立，就会如流水入海一般，变成了一种温柔的关怀与不可缺少的依靠，一份患难与共的责任，偶尔一场争吵，偶尔一次任性，偶尔一点矫情和懒散，都是它的点缀，只要心中还存在着无法磨灭的希望，那爱情之水必定会奔流入海，势不可挡。

最后，当爱情转变为婚姻的时候，它会退去繁华与浪漫，它拥有更多的是一份责任，一种由爱情逐渐转变成亲情的情感，一种互相扶持，共同担当，不离不弃，一生终老的愿望。

爱要这样说

我多么希望，有一个门口，早晨，阳光照在草上。我们站着，扶着自己的门窗，门很低，但太阳是明亮的。草在结它的种子，风在摇它的叶子，我们站着，不说话，就十分美好。

——顾城

有些傻话，不但是要背着人说，还得背着自己

席慕容说："如此情深，却难以启齿。"原来你若真爱一个人，内心酸涩，反而会说不出话来，甜言蜜语，多数说给不相干的人听。哪怕只是最后一次，也请你放下在众人面前伪装起来的防备，静静地聆听当年双手合十在月桂树下留下的祈祷。纵然从此就将要远离，也是要带着这份祈祷上路，留下一个你我各自珍重的人，或者是下一次轮回中我们相约着再相遇。

虽然在遥远的以后，当初相爱的人都会因为生活的磨砺而发生改变。你现在爱着的她，可能再不会如此娇羞；你现在恋着的他，可能再不会如此强壮。但那又何妨？真正的爱情从来都不是因为某一张面孔是否美丽而产生，它只出现在两双眸子交汇的时候于心底泛起来的感动里。

爱要这样说

有些傻话，不但是要背着人说，还得背着自己。让自己听见了也怪难为情的。譬如说，我爱你，我一辈子都爱你。

——张爱玲

你陪着我的时候，
我从来没羡慕过任何人

　　历史的车轮无论如何前进，爱情的魔力一直如此。只要爱了，心里装的就全都是那个人。不论他远在天涯，还是近在身边，想的念的都是那个人，拐着弯也要时时刻刻想到他（她）。才高八斗的钱谦益与才貌双全的柳如是的一次对话更是留下无限韵味。二人相拥，柳撒娇问："夫君，你爱我什么？"钱不愧才高八斗，望着妻子脱口而出："我爱你黑的发，白的脸。"然后，他也问了柳如是同样的问题："你爱我什么呢？"这位聪慧的女子望着比自己大整整三十六岁的丈夫，于是说："我爱你白的发，黑的脸"，是的，此时的钱已经鬓角斑白。二人相对笑起来，然后拥抱在一起。

　　一句朴实无华的话，没有矫揉造作，在这里让无数人感动，在感动之余又滋生出我们对爱情的向往与憧憬之情，爱情如此这般美丽。

爱要这样说

　　你的心是我的海角和天涯，我不能去得更远，我们此生共赴天涯海角，不是游走半个地球，而是人间相伴。

——张小娴

原来人生最美好的事，不过是在恍惚中，一直都深爱着，惊艳了彼此的时光

用了世界上最轻最轻的声音，

轻轻地唤你的名字每夜每夜。

写你的名字，

画你的名字，

而梦见的是你的发光的名字：

如日，如星，你的名字。

如灯，如钻石，你的名字。

如缤纷的火花，如闪电，你的名字。

如原始森林的燃烧，你的名字。

刻你的名字！

刻你的名字在树上。

刻你的名字在不凋的生命树上。

当这植物长成了参天的古木时，

啊啊，多好，多好，

你的名字也大起来。

大起来了，你的名字。

亮起来了，你的名字。

于是，轻轻轻轻轻轻地呼唤你的名字。

我选择了你，不管为你抛弃多少东西都值得，我永远不会后悔。等到我们老了的时候，你依然是我最美丽的神话。

——琼瑶

爱不仅是关切的对望，
更是朝着一个方向的共同凝望

　　某一天，当看到一对夫妇正朝着同一个方向"凝望"，不禁哑然失笑，因为他们共同面对的方向原来是墙上挂着的电视机。当两个人在对视时不再有专注的神情、喜悦的面容，甚至需要一个能够分散注意力的行为来摆脱无聊时，这就算不上是真正意义上的爱。

　　男人和女人在一起生活，少不了的是共同语言。共同语言基于共同的志趣、共同的爱好、共同的理想、共同的人生观和共同的生活习惯，等等。没有这些基础，是谈不上共同的语言的；没有共同语言，两人怎么能走到一起。

　　爱其实是要彼此在看着对方的同时，也一起看着同一方向。

爱要这样说

　　我爱你也许并不为什么理由，虽然可以有理由，例如你聪明，你纯洁，你可爱，你是好人等，但主要的原因大概是你全然适合我的趣味。因此你仍知道我是自私的，故不用感激我。

　　　　　　　　　　　　　　　——朱生豪

幸福就是我陪你无聊，
难得的是我们都不觉得无聊

女孩终于鼓起勇气对男孩说："我们分手吧！"

"为什么？"

女孩说："倦了，就不需要理由了。"

一个晚上，男孩只抽烟不说话，女孩的心也越来越凉——连挽留都不会表达的情人，能给我什么样的快乐？

男孩终于忍不住说："怎么做你才能留下来？"

女孩慢慢地说："回答一个问题，如果你能答对我心里的答案，我就留下来。比如我非常喜欢悬崖上的一朵花，而你去摘的结果是百分之百的死亡，你会不会摘给我？"

男孩想了想说："明天早晨告诉你答案好吗？"

女孩的心顿时灰了下来，早晨醒来，男孩已经不在。只有一张写满字的纸压在温热的牛奶杯下：

亲爱的，我不会去摘，但请容许我陈述不去摘的理由。你只会用电

爱要这样说

我愿为你背诵每一首情诗，我愿做你的老师，示范着执子之手如何解释。

——林夕

脑打字，却总把程序弄得一塌糊涂，然后对着键盘哭，我要留着手指给你整理程序；你出门总是忘记带钥匙，我要留着双脚跑回来给你开门；酷爱旅游的你，在自己的城市里都常常迷路，我要留着眼睛给你带路；每月"好朋友"光临时你总是全身冰凉，还肚子疼，我要留着掌心温暖你的小腹；你不爱出门，我担心你会患上自闭症，我要留着嘴巴驱赶你的寂寞；你总是盯着电脑视力都下降了，我要好好活着，等你老了，给你修剪指甲、帮你拔掉让你懊恼的白发，拉着你的手，在海边享受美好的阳光和柔软的沙滩，告诉你一朵朵花的颜色……所以，在我不能确定有人比我更爱你以前，我不想去摘那朵花。

亲爱的，如果你已经看完了，答案还让你满意的话，请你开门吧，我正站在门外，手里提着你最喜欢吃的鲜奶面包……

女孩拉开门，看见他的脸，紧张得像个孩子，拿着面包的手在她眼前晃着，我想这就是爱情或者应该叫作生活。

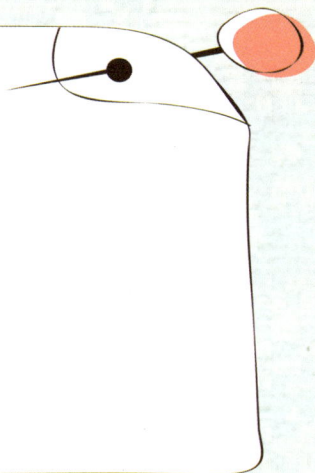

爱上你，连记忆都不会发黄

18岁，她向他表白，他拒绝了，毕业后各奔东西。他们经历了不同的爱情。26岁时，人群中，他向她求婚。她问他，当初你为什么不答应。他说，我想成为你的归宿而不是初恋。

爱一个人，记忆不会发黄，因为有他住在记忆里。

我叮咛你的
你说 不会遗忘
你告诉我的
我也 全都珍藏
对于我们来说
记忆是飘不落的日子
——永远不会发黄

——汪国真

有生之年，只诉温暖不言殇，
倾心相遇，安暖相陪

　　人们时常会想，为什么要活着？活着是为了什么？想破脑袋，也没有人来告诉你为什么，日子一天天过去，偶然间回首发现，有爱随行的日子总是快乐、明朗的；不小心生病了，在泛着白光的病房里，看见洋溢着青春气息的护士心情也是很开心的，所爱的人一直陪在身边，更不会觉得生病是一种折磨了。因而说，活着是为了寻找爱，寻找一种温暖。

　　雕刻家寻找的微笑，实际上是对于人性中的善良的一种关照，可是，因为他不懂得爱而无法捕捉到那样的微笑。当少女带着失望和遗憾离开时，他终于懂得，但也因此而失去了生命中最重要的东西——爱，以及爱赋予的微笑的力量。

爱要这样说

　　　　一见你的眼睛，
　　　　我便清醒起来，
　　　　我更喜欢看你那晕红的双腮，
　　　　黄昏时的霞彩似的，
　　　　谢谢你给我力量。

　　　　　　　　　　　　——朱自清

61

步步倾心，灵犀相扣，
在似水流年里，相伴老去

　　一个口味清淡的女孩嫁给了一个无辣不欢的男人之后，两个人总是为做饭的事情而烦恼，经常不想做饭，就去父母家蹭饭吃。一次，女孩的父亲做的菜咸了些，母亲拿了一个水杯，将菜在清水里荡一下后再吃。忽然，女孩明白了什么。后来，女孩做饭的时候，每个菜里都放着老公爱吃的辣椒，只是，自己的面前多了一杯清水。再后来，丈夫也争着做菜，但是菜里面已经没有辣椒了，只是他的面前多了一碟辣酱。菜在辣酱里蘸一下，每一口，都吃得心满意足。

　　爱，不过是给生活多加一杯清水，或一碟辣酱罢了。也许外人看起来，会觉得奇怪。而且清水荡过的菜，和蘸了辣酱的菜，又有多美味呢？但，幸福的滋味却不在菜中，在心里。

　　一份天长地久，细水长流的爱，需要用时间细细去品味。嫁给一个人，并不是和自己所爱的人结婚就可以，还要和他（她）的习惯结婚，和他（她）的背景结婚。换一种方式，换一种姿态，就能体会到幸福的另一种滋味。

爱要这样说

　　你侬我侬，忒煞情多；情多处，热如火；
　　把一块泥，捻一个你，塑一个我。
　　将咱两个一齐打破，用水调和；
　　再捻一个你，再塑一个我。
　　我泥中有你，你泥中有我。
　　与你生同一个衾，死同一个椁。

　　　　　　　　　　　　　　　　——管道升

对付平淡最好的办法，
就是找茬儿跟他吵一吵

夫妻间，最危险的敌人不是"吵闹"，因为吵闹也是一种沟通，也是一种宣泄。夫妻间最可怕的对手是"隐忍"，每个人都把情绪压制在内心，久而久之，就成为恶之源。

虽然，男人喜欢女人理智地处理问题，但男人却并不喜欢太理性的女人。因太过理性，便是一种女人味的缺乏了。聪明的女人，应该学会适当的"小打小闹"。

当他开始无视你，当他总是提不起精神，找点小茬，跟他吵一吵。凭着这个借口，把内心做一次释放。发泄过之后，你会觉得彼此的内心都轻松了许多，有了一颗轻松的心，婚姻的健康程度自然会有所提升。

爱要这样说

要是世上只有我们两个人多么好，我一定要把你欺负得哭不出来。

——朱生豪

64

完美的爱情就是一次次重新爱上

张小娴说："每一段爱情，都要经历期盼和失落，犹豫和肯定，微笑和心碎。笑着笑着就哭了，哭着哭着就笑了，恋爱就是这样吧？哭泣不要紧，只要曾经微笑，事后又思念，那么，你还是爱着这个人，然后再创造。没有一种爱是不需要反复验证的。"

长长的婚姻里，有许多爱的时间，也有许多不爱的时间。感受不到爱意时，更需要以爱的行动去表现，以持久的爱恋和承诺去爱一个人，这才是真正的大爱。

完美的爱情，就是一次又一次，重新爱上的过程。

爱要这样说

如果说，比喜欢多一点的是爱，那么比爱多一点的是什么？就是你。

——顾漫

哪怕只是小事，因为爱也变得幸福

他喜欢上了在便利商店打工的女孩，他每天都会到女孩的店里买东西。渐渐地两人开始互相熟悉，当女孩工作感到无聊乏味的时候，或者是心情不好的时候，年轻人就会出现，他会陪女孩说说话，或是逗女孩开心。

女孩也知道年轻人似乎喜欢上自己了，可是自己已经有很要好的男友，面对年轻人如此的关怀，自己也不知道如何婉拒他。

一天，他终于鼓起勇气向女孩告白，可遭到了女孩的拒绝。他不死心地问女孩，自己真的没有机会了吗？女孩心软了，她手指着门口的娃娃机说，除非你夹满100个娃娃，而且一天只能夹一个。女孩希望用时间来冲淡他的感情。他还是每天到店里来，可是女孩开始变得冷淡，因为她知道唯有这样做，才不会让他越陷越深。

无论花多少钱多少时间，

他每天一定会来夹一个娃娃。只是他无法与女孩分享夹到娃娃的喜悦，因为他知道女孩有意要避开他，为了怕影响到女孩的情绪，他只能在橱窗外头微笑着对女孩点点头。

好几次，看到年轻人因为夹到娃娃兴高采烈的样子，女孩都想要冲出去对他说，我是骗你的，你不要再夹了，就算你真的夹到100个娃娃，我跟你也是不可能的！

一天，女孩和男友吵了一架，正在气头上，刚好他来到店里，他问她可不可以破例让他在今天夹两个娃娃回去，女孩很生气地当场拒绝了他。

就这样，年轻人走到娃娃机旁，默默地夹了一个娃娃回去。在年轻人离开的时候，他对橱窗里的女孩看了一眼。

隔天以后，年轻人再也没来夹娃娃了。刚开始女孩虽然觉得奇怪，但是仍然庆幸自己终于放下了心中的大石头。可是渐渐地，她突然觉得不习惯，因为那个每天都会为了她来夹娃娃的熟悉背影，好像空气一样就消失不见了。这时女孩才发现，原来她心中的失落感远远超过年轻人所带给她的负担。

女孩开始想念以前年轻人来店里陪她聊天的点点滴滴，似乎都会带给她莫名的安全感。所以女孩每天上班时，总是不断地抬头张望，可惜的是，年轻人始终没出现，只剩下那台没人使用的娃娃机。

后来才知道男孩患病在身。那天，他希望女孩给他机会夹2个娃娃，因为他已经累积到 98 个了，然而却遭到女孩的回绝。隔天之后他却因为手术失败成了植物人。

他的母亲将他的信交给了女孩：

其实我早就知道，就算夹到了 100 个娃娃，
你也不可能会喜欢我。
我并不是故意要造成你的困扰，
而是希望在我有限的时间里，
证明我曾经很用心地去爱一个人。
这样就足够了。
如果你看到了这封信，
那表示我再也无法为你夹娃娃了。
对不起，
或许我的努力还不够吧，
没能夹到 100 个娃娃亲手送给你……

爱要这样说

今天我要收回对你全部的爱，因为我要慷慨地再给你一次。

——莎士比亚

害怕失去爱也是爱的一部分

张小娴说："如果不害怕失去，还算是爱吗？"是啊，害怕失去爱，也是爱的一部分。

两人没确定在一起的时候，要担心对方是不是真的爱自己，就像自己爱他一样地爱。在一起了，又要担心自己在对方心里到底有多少的分量，害怕他的心里压根就没有自己的存在。

当自己因为思念而无法入眠的时候，对方是不是也会因为思念而整夜没有合眼？

沉溺在他的甜言蜜语中的时候，甚至会担心将来的某一天他是不是不会再这样温柔地待自己。一心一意地想陪他白头到老，却担心害怕最终陪他白头的不是自己。

爱要这样说

长相知，
才能不相疑；
不相疑，
才能长相知。

——曹禺

爱

了

只要你在我心里，我便不会孤单

如果有一天，你爱的人离开你，那么，请你放开手。离开总是有理由的，不论是因为什么，只要你相信离开后，他会生活得更好。这样，从内心解脱彼此。

世上有千千万万个角落，有千千万万条路。可是，总有一个角落是你心里最隐秘的地方，甚至，你不想别人去热闹喧哗；总有一条路，是你无法忘却的，因为那里留下了你曾经的影子。

爱要这样说

你在我身边也好，在天边也罢，想到世界的角落有一个你，觉得整个世界也变得温柔安定了。

——顾城

消耗了太多的爱，自己就会被虚耗得不完整

德国哲学家尼采曾把他的全部哲学归结为一句话："成为你自己！"这也许是对当今陷于爱情中的女性最深沉的呼喊。

在这个世界上有一个人，离你最近也最远；在这个世界上有一个人，与你最亲近也最疏远；有一个人于世上，你常常想起也最容易忘记。这个人，就是你自己。

在爱情里，我们总是忘掉自己。我们挂上"为别人"的名牌，便可以放肆地放纵自己的"付出"。能付出固然是美德，但不能泛滥自己的付出，否则就会错配我们的能量，消耗了自己的精力，自己被虚耗得不完整。

真正的爱，是一种自我完善的特殊体验。先让自己具备强大的正能量，才能陶醉在爱的情感里。先学会爱自己，才能感觉到灵魂无限延伸。奔向心爱的人时，我们才是快乐的、自在的。我们渴望给对方滋养，与对方一起成长。随着坠入情网的彻底终结，我们会一次又一次产生狂喜，因为我们与所爱的人已经真正结合了。也许它不比坠入情网的激情更加狂热，但它却更加稳定和持久，也会使我们更为满足和惬意。

爱要这样说

我爱你，与你无关，思念熬不到天明，所以我选择睡去，在梦中再一次地见到你；我爱你，与你无关，渴望藏不住眼光，于是我躲开，不要你看见我心慌；我爱你，与你无关，真的啊，它只属于我的心，只要你能幸福；我的悲伤，你不需要管。

——歌德

因你而落的泪,
不过是一首
无调的歌

席慕容曾经感慨人生中的爱情时说:"在馥郁的季节,因花落、因寂寞、因你的回眸,而使我含泪唱出的,不过是,一首无调的歌。"这样的语句,不觉让人感伤,仿佛爱情只是用来赶走寂寞。那深陷在寂寞中的人,却因为爱情而徒增了心事。

爱要这样说

你见,或者不见我
我就在那里
不悲不喜

你念,或者不念我
情就在那里
不来不去

你爱,或者不爱我
爱就在那里
不增不减

你跟,或者不跟我
我的手就在你手里
不舍不弃

来我的怀里
或者
让我住进你的心里
默然 相爱
寂静 欢喜

——扎西拉姆·多多

以单纯的心换取单纯的美好

如果真相是种伤害，请选择谎言。如果谎言是一种伤害，请选择沉默。如果沉默是一种伤害，请选择离开。

生命中，有些人，浓烈如酒，疯狂似醉，却是酒醒无处觅，来去逝如风，梦过无痕；也有些人，安然而来，静静守候，不离不弃。

无数的相知相遇，无数的离愁别恨，感伤颇多，或许痴怨、或许不舍、或许期待、或许无奈，终得悟，不如守拙以清心，淡然以浅笑。闲看花开花落、云卷云舒、缘来缘去。

以朴实的心境换取单纯的美好，未必不是大贤大智。

爱要这样说

第一最好不相见，如此便可不相恋。
第二最好不相知，如此便可不相思。
第三最好不相伴，如此便可不相欠。
第四最好不相惜，如此便可不相忆。
第五最好不相爱，如此便可不相弃。
第六最好不相对，如此便可不相会。
第七最好不相误，如此便可不相负。
第八最好不相许，如此便可不相续。
第九最好不相依，如此便可不相偎。
第十最好不相遇，如此便可不相聚。
但曾相见便相知，相见何如不见时。
安得与君相诀绝，免教生死作相思。

——仓央嘉措

心中有你，心就会变得强大

朱生豪是民国有名的才子，他一生都沉浸在翻译莎士比亚作品的事业中，他的妻子宋清如帮工做衣，补贴家用，为一日三餐奔走。

其实，朱生豪曾邀妻子一起翻译莎剧，但被妻子以英文程度不如朱而婉拒。她担心耽误朱的翻译进程。所以，朱生豪在世时，宋清如只是扮演读者、校对者、欣赏者的角色。

但连这样的角色也没扮长久，1944 年 12 月 26 日午后，朱生豪病危，临终喃喃呼唤："清如，我要去了。"朱生豪因肺结核等多症并发撒手人寰，留下孤儿寡母及未竟的译莎事业。

正当年华，容颜娟秀，却遭遇如此命运，漫漫人生情何以堪。一般女子，要么一死了之，要么沉沦了，可宋清如不能这样，她身上是负有使命的，朱生豪给她留下 31 种、180 万字莎剧翻译手稿，未曾出版，还有他们的

爱要这样说

我愿意舍弃一切，以想念你终此一生。

——朱生豪

幼子，嗷嗷待哺。

　　一个人有了使命，就有了活下去的勇气。在他生前，她只是他书稿默默的校对者和誊写者，是他背后站着的女人。她愿意牺牲自己"琼枝照眼"的文采，只是淡淡的一句"他译莎，我烧饭"便打发了，但她的后半生似乎都在赶着做这两样事情：出版丈夫的译稿，抚养他们的孩子。她要替朱生豪活下来，她要做他没有来得及做的事，人生的风景她要替他一一看过，只为了有一天她与他在那永恒的寂静中，她要一一说于他听。

　　一个人死了，那未竟的事业由另一个来继续。夫妻写书，琴瑟和弦，同时代的人，徐志摩和陆小曼曾共同创作过话剧《卞昆冈》；杨宪益、戴乃迭合译《离骚》成定情物。

只要我们在一起，我就心满意足了

男人下岗了，万念俱灰。女人说："走，陪我去超市走走。"男人说："都没钱了，还去超市干吗？"到了超市的小吃城，老婆要了一小碗馄饨，又要了一只大碗，把大部分给了男人，女人说："吃下去是不是暖和了很多？"男人点点头。老婆说："以后的日子是会难一点，那就像今天这样，只来一碗，咱们一人一半，我陪你。"

爱要这样说

我的心是用玻璃做的，虽然它没有水晶的高贵，却一样透明、易碎、爱你。所以，我用双手把它捧到你的面前，希望你能收留它；我并不奢求你会好好的爱护它，哪怕只是随手放进口袋里——只要能感受到你的体温我就心满意足了！

——张爱玲

有了做自己的勇气，
别人才会把你放在心上

有时候，我们没有迈出该走的那一步，并不是因为惧怕在情爱中的得失，而往往是输给了自己的决心。是因为，你从来都没有为自己真正地想过一次。殊不知，当你在错失自己的事情时，从你手边溜掉的，可能正是你一生的幸福。

所以席慕容才会告诫我们说："有些女人，会让人觉得，世界上无人舍得对她不好。"然而，这个女人，就是得不到她一直盼望着的好。你所盼望的好，并不来自于他的施舍，而是来自于自己的追求。连为自己而做的勇气都没有的话，又怎么能奢求别人把你放在心上？

爱要这样说

世上只有一本书就是你，别的书，都是它的注释。

——顾城

曾经最痛的地方，终会长成最强大的地方

年少的女孩并不了解，要完成这样一个愿望，要经历多少次相聚和分离，多少欢笑和眼泪，要去感受一段多么长的伤感之路，将会有多少痛苦的彷徨和深刻的领悟。

越是想要追寻的，越是无法拥有。我们为它头破血流，遍体鳞伤，它却没有一丝怜悯。爱情让人如此无奈，让人忍痛放弃，一度绝望。我们都为它付出了太多！

爱情给我们带来的，或许是幸福，或许是痛苦。但毫无疑问的，我们都在爱情中得到了成长。曾经最痛的地方，已经长成了最强大的地方。

爱要这样说

倘使我不得不离开你，
不会去寻短见，
也不会爱别人，
我将只是自我萎谢了。

——张爱玲

90

91

选择你爱的，爱你所选择的

选择你爱的人还是爱你的人，这亘古不变的话题着实纠结了很多男女的心。

如果能确定你爱的人也爱你，那么你是幸运的，哪怕你爱他多一点。毕竟，人活着要的是一种心情。试想，你为你爱的人做顿饭、煲碗汤，和你为你不爱的人做顿饭、煲碗汤，那心情是怎样的不同？

当然，张小娴也说过这样的话："一个人最大的缺点，不是自私，不是多情，不是野蛮，不是任性，而是偏执地爱一个不爱自己的人。"也就是说，如果你爱的人不爱你，爱你的人很爱你，那么，也不要偏执，选择爱你的人也未尝不可，然后爱你所选择的。

说来说去，一句话，如何让爱情幸福掌握在我们自己手中。

爱要这样说

我找到了你，
便像是找到了我真的自己。
如果没有你，
即使我爱了一百个人，
或有一百个人爱我，
我的灵魂也仍将永远彷徨着。

——朱生豪

自己永远是自己的主角

　　人的一生终是要为了某一件事情而守候着，即便他已经不再，你也要守好自己的记忆，避免有其他人闯进来，偷走属于我们的曾经。

　　其实，寂寞只是一种习惯。就像是饮鸩止渴一样，越是在孤单的时候，人越容易染上寂寞。有时候，就生生地把自己给套进了自己的圈套中。看着周边的人们相识相知且相爱，你却像是个套中人一般禁不起爱情的触碰。这哪里是你没有邂逅他啊，分明是他早已经在你的身边走过了几个轮回，而你却始终冷脸相对。我知道，你的内心深处依旧有着火一般的渴望，只因为曾经受过伤，就再也不相信天长地久的誓言。

　　人，总是要习惯一个人的。可你却忘记了，在我们的故事中，自己永远都是童话的主角，那些所有被上天设计好的悲欢离合的故事，都是在讲给我们听的。你若是死了心，整场剧目都将无法揭幕。

爱要这样说

　　我爱你不是因为你是谁，
　　而是我在你面前可以是谁。

　　　　　　　　　　——剪刀手爱德华

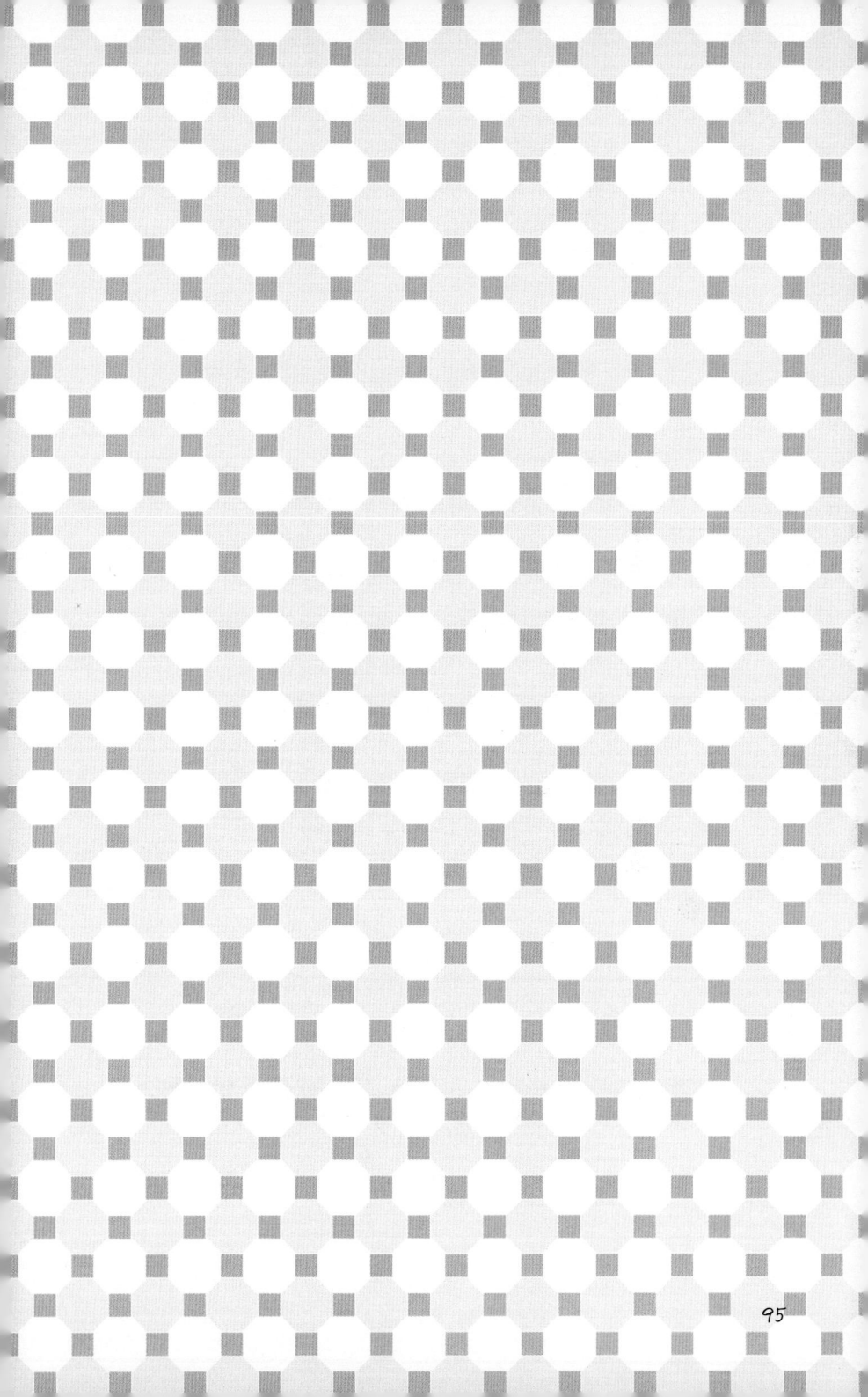

因孤独而爱，只会越来越孤独

"你会因为孤独和寂寞而选择去爱一个不该爱或者你原本不爱的人吗？"

很多人下意识的答案是——"不会"。

但在我们生活的周围，却不断上演着一段段只跟寂寞、孤单有关的恋爱故事。

有些人是为了恋爱而恋爱，而有些人是为了寂寞、孤单而恋爱。

确实，一个人孤零零地待在一个偌大的城市，冰冰冷冷的，寂寞得简直让人无处可逃。

只为了寻求那一点点的温暖、关怀，证实自己的存在，很多人便试

爱要这样说

我行过许多地方的桥，看过许多次的云，喝过许多种类的酒，却只爱过一个正当最好年龄的人。

——沈从文

图在爱中找到自己存在的意义，用以逃避生活的冷淡、虚无和轻飘，以及对未知的恐惧。

于是，越来越多的人，在孤单和寂寞的压迫下，急匆匆地恋爱了。

但，爱情不该是这样的。这也不是真正的爱情。

爱情不该是孤单的避难所，它也不应该是恐惧的避难所，安全感更不是来自于爱，它来自于内心的坚强。张小娴对待爱情的观点，从来就是——女人应该自强自爱。在她看来，爱和安全感都是自我的价值，求助别人，不如首先求助自己。

有些人只能埋在心底

这是一个情人节，他没有想到他收到了同学尼娜手工做的卡片，封面画着一只可爱的小熊，头顶上有一圈小星星，四周还围绕着许多红心。打开卡片，里面是用淡蓝色胶水拼出的"我爱你"。一个月后，因为他父亲的工作调动，他搬家了。他们失去了联络。

一转眼十多年过去了，又是一个情人节，他想起了她，于是动用所有关系联络她，终于找到了她。

他给她寄了一封信："希望你还记得我……"

第二天晚上，电话铃骤然响起。

"我当然记得。"

是尼娜的声音！即使变化再大，他也能在第一时间反应过来。

"尼娜？"

"你有一条雪白的杜斯狗，很高很大，不过它很招人喜爱。"

"是的。"

"你每天都穿着灰色的克兰特夹克上学，即使热得满头大汗，你也不愿意脱下来。"

"对啊！一点没错。"

"你在公交车站台上扮鬼脸逗我开心，因为那段时间我的脸上长了许多难看的小痘痘。"

他当然记得，为了使她开心，事先不知预演了多少次。

他们聊了一个多小时，突然，

尼娜那边没有了声音，她的脸上挂满了泪水……后来，她很幸福地谈到她的工作、丈夫和两个孩子，我也把我的妻子夸赞了一番，最后我们约定这周六下午见面。

"你是汤姆逊先生吗？"当他坐在预订好的饭桌前，一位侍者走过来对我说，我点了一下头。

刚才尼娜小姐打来电话说她因为有事耽搁，将推迟一个小时到，请您包涵。"

他猜想着尼娜迟到的理由。他问自己为什么要这样孜孜以求地用已定的现实来满足自私的幻想呢？既然已经知道她现在生活得很幸福，那么保存一份美好的幻想比面对一个既定的现实不是更好吗？

于是他找到纸笔，写道：

"尼娜，我想我不得不放弃这即将到来的美好时刻。我真心想对你说，尼娜，谢谢你，谢谢你在很久以前送给我的情人节卡片，你使一个男孩第一次拥有了真正意义上的情人节。那张卡片是世界上最美好的礼物，尼娜，我会永远想着你，想着第一个送我情人节卡片的那个女孩。祝你幸福！"

他在信封上留下一个意味深长的吻，这是 30 年后还给尼娜的。怀着一颗无比温存的心，他把信封留在桌上，轻轻地走出了大门

爱要这样说

有多久没见你
以为你在哪里
原来就住在我心底
陪伴着我的呼吸

——林夕

想念

当你想念一个人的时候，尽情去想念吧

张小娴说，当你想念一个人的时候，尽情去想念吧，也许有一天，你再也不会如此想念他了。到了那一天，你会想念曾经那么想念一个人的滋味。当你爱一个人的时候，尽情去爱吧，也让他知道你是如此爱他。也许有一天，当你长大了，受过太多的伤，失望太多，思虑也多了，你再也不会那么炽烈地爱一个人。

当你拥有爱情的时候，请尽量去珍惜它，学着去明白它跟一切无常的东西一样，是会消逝的；唯有两个人都知道珍惜的时候，它才会停留。

爱要这样说

每想你一次，天上飘落一粒沙，从此形成了撒哈拉。每想你一次，天上就掉下一滴水，于是形成了太平洋。

——三毛

思念，是地球上唯一违反地心引力的东西

青春果真是一首仓促的诗，我们刚刚在它的故事里相遇，却又不得不分离。甚至谁都不明白，为什么爱会到来，为什么在这样美好的年纪里还要加上如此美好的相遇。越来越多的美好，反倒让我们有些情不自禁，有些不知道该怎样去珍重青春的故事。

只不过爱情却像是一场传染病，我们甚至都还没有来得及防疫，就已经被彼此感染，从此一病不起。当初在月桂树下许的愿望如果可以成真，那么即便前路可能依旧渺茫，但身边有了另一双手紧握，再遥远的人生也会有继续走下去的期望。没有人会奢望一望无际的人生，如果在这趟旅途中没有人作陪，那是再空虚不过的事情。所以，这才要趁着青春还没有远去，便抓紧最后的时间去席卷一场有关于爱情的风花雪月，否则

爱要这样说

我像想念一碗美味的云吞面那样想念你。为了心中那最美好的滋味，我宁愿得不到，也不愿将就，随便吃一碗不够水平的云吞面。我像想念一个烧鱼头那样想念你。烧鱼头是那么容易做的一道菜，三十分钟的等待，是多么幸福的时光？就像等待你的出现。我像想念一碗热汤那样想你念你。什么也不想吃，只想得到一碗汤的拥抱。能在最想念的时候喝到一口汤，就是很简单的幸福。

——张小娴

到老的时候就只有孤寂可以回忆了。

　　岁月从来不会为两个年轻人许下的誓言而感动。在它流转的长河中，这样的誓言已经见了太多太多。对于这两个正处于青春的孩子来说，或许那几句不知道天高地厚的誓言代表着一切，若是没有它，恐怕正在发生的爱情就没有什么可以做出证明。只有时间才会明白，是有多少誓言在许诺的时候都有一样的勃勃生气，然而到了最后，却少有人能够把故事完整地讲述。这从来不是年轻男女会想到的最后结果，只有到了最后他们才会明白，这是不得不接受的结局。

　　思念，是地球上唯一违反地心引力的东西。

因为有你，我才认真想念过

李白在《秋风词》中写道："入我相思门，知我相思苦，长相思兮长相忆，短相思兮无穷极。""长相思，摧心肝"，通达明澈如李白这样的人，都终究放不下一个"情"字。

正如一首歌中唱到，"明明知道相思苦，偏偏为你牵肠挂肚"。正因为有了这许多的不舍，有了这尘世中放不下的爱，人们才对生命无比眷恋，不忍离去。然而，天上人间那么多分离和伤痛之苦，幸好还有相思这剂良药，虽不能根治，但总可以熨帖无数孤独行走在爱情中的心灵。

爱要这样说

因为有你，我认真过，我改变过，我努力过，我悲伤过……我傻，为你傻；我痛，为你痛；深夜里，你是我一种惯性的回忆……

——余秋雨

泡一杯清茶，品味着半暖茶香，
当幸福的笑溢上唇角，我知道，你在的

　　爱情的伟大之处恰恰是在于人类的一种由感情线向生命线传承的过程，是爱情引领着人们穿越心灵的隧道，跨越人性的自私，从而走向永恒。思念之所以无法用时间、刻度去衡量，根本的原因也在于此。在爱情里，被思念的不一定是个人，也可能是一种感觉，这种感觉正是亚当夏娃在伊甸园时候的懵懵懂懂。

爱要这样说

　　　　我住长江头，君住长江尾。
　　　　日日思君不见君，共饮长江水。
　　　　此水几时休，此恨何时已。
　　　　只愿君心似我心，定不负相思意。

　　　　　　　　　　　　——李之仪

勇敢抬起头，
也许就能看到他（她）爱你的角度

　　思念是爱情最好的展现方式，它时刻在撩拨着你的心，海的这边，寒风凛冽，孤独的人望着远方，在海的那边，浪花朵朵，相思的人泪流满面。虽然人生的路上有无数的指明灯为我们指明前进的方向，但心中的明灯才是最重要、最温馨的。虽然思念虽然使我们不能拥抱，但在心中可以互相亲吻，虽然岁月蹉跎，但是却能用微笑和对方互诉衷肠。古语有云，执子之手，与子偕老，请相信思念给爱情带来的力量，在这样的夜晚，即使那个人不在你的身边，但是还有那个人的形象、那个人的味道和那个人的气息……勇敢地抬起你的头，你看到了什么？你看到了你爱他（她）的角度。

爱要这样说

世上一切算得什么，只要有你。
我是，我是宋清如至上主义者。

　　　　　　　　　　　　　　——朱生豪

红尘依旧繁华如常，
日子于每个人而言都是光景如雪，
我却只想独自倾心

　　每一个相爱的人心中都会有一份不会给他人讲的甜蜜，只不过有些人会为此而相守一生，而有些人却因此苍老了一世。

　　有一种目光，最初彼此相识时，就知道有一天会眷恋；有一种感觉，未曾离别时，就明白有一天会心痛；有一种心情，半醉半醒间，就发现原来竟是相思。

　　爱情不需要任何理由，仅仅是一眉浅笑，也足以在对方的心中留下永不磨灭的影子；爱情不需要任何借口，仅仅是一次相遇，也足以使人顾盼经久的流年。

爱要这样说

好多年了，
你一直在我的伤口中幽居，
我放下过天地，
却从未放下过你，
我生命中的千山万水，
任你一一告别。

——仓央嘉措

明明不相干的，
也会在心中拐几个弯想到你

张爱玲说："听到一些事，明明不相干的，也会在心中拐几个弯想到你。"涉入爱河的男人女人大抵都如此。每天清晨睁开眼睛，第一个映入脑中的人便是他；夜晚窝在自己的被窝里要睡觉的刹那，想到的也是他；即便在梦中，梦里见到的仍然是他。他的影子无处不在，刷牙、洗脸、吃饭、微笑、看电影……明明都曾是极为普通的日常事儿，因为多了一个他便觉得生趣有味起来。

爱要这样说

那一刻 我升起风马 不为乞福 只为守候你的到来
那一天 闭目在经殿香雾中 蓦然听见 你颂经中的真言
那一日 垒起玛尼堆 不为修德 只为投下心湖的石子
那一夜 我听了一宿梵唱 不为参悟 只为寻你的一丝气息
那一月 我摇动所有的经筒 不为超度 只为触摸你的指尖
那一年 磕长头匍匐在山路 不为觐见 只为贴着你的温暖
那一世 转山转水转佛塔 不为修来生 只为途中与你相见
那一瞬，我飞升成仙，不为长生，只为佑你平安喜乐

——仓央嘉措

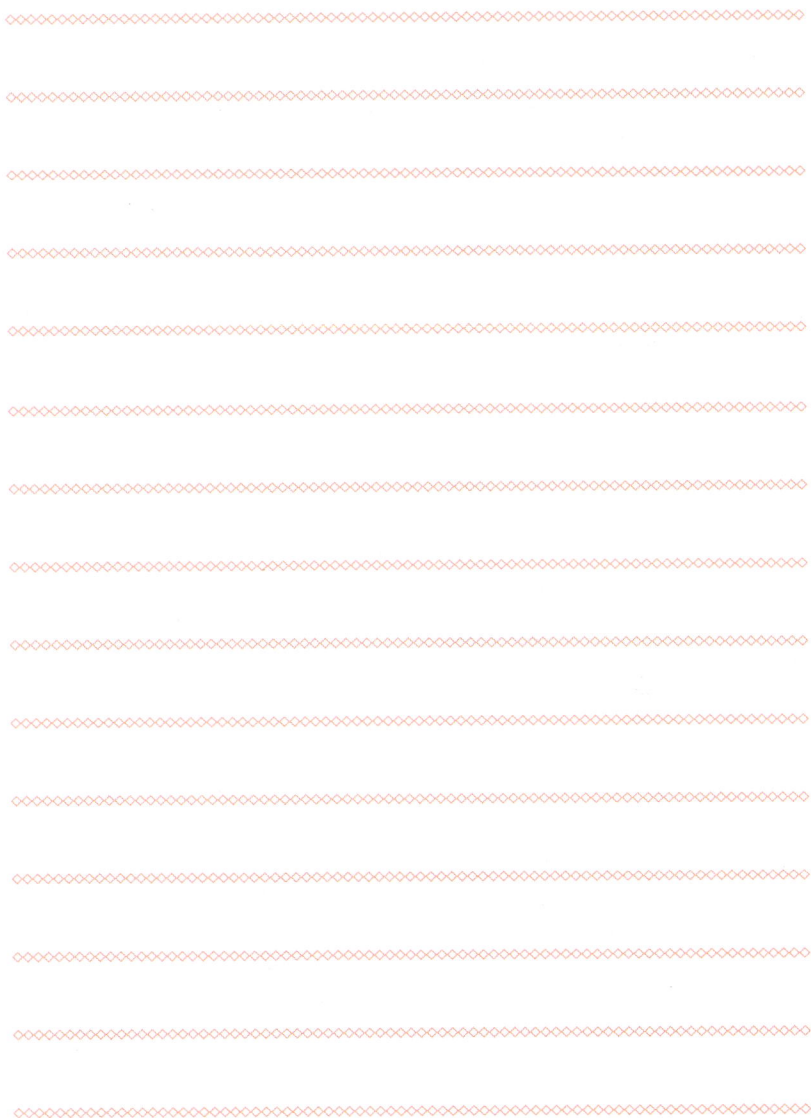

不离不弃的执念，一直绕心，而行而息，不曾停歇，摇曳着温暖

　　张小娴的《荷包里的单人床》讲的就是一个关于思念和暗恋的故事。女主角苏盈苦苦地暗恋着秦云生。在最后，秦云生虽然接受了苏盈，但他心里思念的，是一个永远都不会回来的女人。秦云生的等待是一种漫长的等待，他的思念也是没有期限的思念。活着的苏盈怎么努力也没法分散秦云生对逝去情人的思念之情。

　　由此可见，对思念来说，死亡比爱更霸道，因为这时候的思念会被无限地放大、强化。即便是一首简单的情诗、一件很普通的感动小事、一个再平凡不过的人，但这些在记忆中永存了，化作了思念，便会变得比原本更好……

　　我们总是被思念折磨得无法抽身，这是爱的属性；我们也没有办法不去思念那个人，这是爱的本能。

爱要这样说

月朦胧，鸟朦胧，点点萤火照夜空。
山朦胧，树朦胧，唧唧秋虫正呢哝。
花朦胧，叶朦胧，晚风轻轻叩帘栊。
灯朦胧，人朦胧，今宵但愿同入梦！

——琼瑶

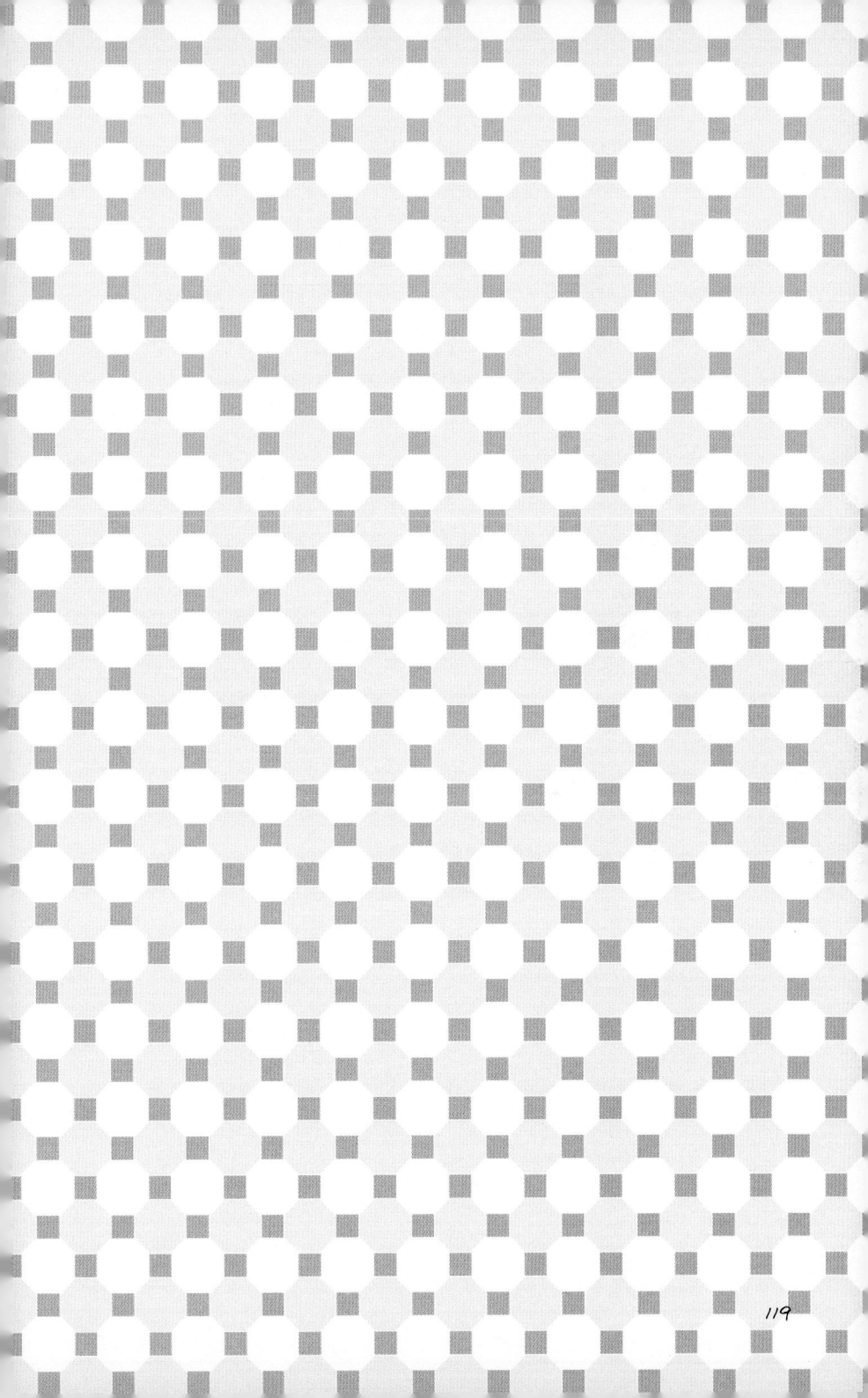

我的城，只为一人风烟俱净

王弗十周年祭日，苏轼梦魂相扰，夜半惊醒，他惶惶四顾，王弗对镜梳妆的样子已经随着梦醒，被四周的黑暗吞掉，伸手一拭，双鬓已被眼泪浸湿，苏轼难掩心中沉痛，下床题词：

十年生死两茫茫。不思量，自难忘。千里孤坟，无处话凄凉。纵使相逢应不识，尘满面，鬓如霜。夜来幽梦忽还乡。小轩窗，正梳妆。相顾无言，惟有泪千行。料得年年肠断处，明月夜，短松冈。

——《江城子·记梦》

王弗化作思念，淌进了苏轼的血液里，就如同金子一样熠熠生辉，无比璀璨。苏轼一片深情的样子被身后的王闰之看在眼里，是谁说："男人生命最初的那个女子，必定如烟花般绚丽，只是大多，注定凋零？""如果可以，我情愿选择凋零，那样至少能活进你心里，而不是现在这样，看着你守着过去的碎片，却始终无能为力。"王闰之翻一个身假寐，她感觉到了苏轼在她身旁躺下的气息，同时也听到了自己眼泪落下的声音，清脆得令人疼痛。

爱要这样说

我真的非常想要看看你，怎么办？你一定要非常爱你自己，不要让她消瘦，否则我不依……

——朱生豪

120

无论多忙，我都要挤出时间来陪伴你

"忙。"是一个似乎没什么缺陷，但却是最伤人的一个借口。因为这个理由无懈可击，但又是那么明显的冷漠和不诚实。

张小娴说："爱情不是这样的。当你一旦爱上一个人，你上班的时候已经想着下班了。想见你是很自然的欲望，如果你爱我的话，你总是可以挤出一点时间的。没法挤出时间，是你已经做出了抉择。"

"你忙吧！"，有谁知道这句话的真正意思？

这里掺杂着多少抱怨和对你的想念。

如果不想念，又怎么会去打扰你？

那是一种夹杂着担心和想念的关心；

因为想你，才会去打扰你，只是想知道你的消息。

说这句话的时候渴望的是一句挽留和关心。

爱要这样说

但愿来生我们终日在一起，每天每天从早晨口角到夜深，恨不得大家走开。

——朱生豪

心是没有道理会飞翔的，除非那颗心，渐渐因为爱长出了羽翼

男孩："我爱你。"
女孩："爱是什么？"
男孩："爱是一个承诺。"

他们结婚了

老公："我爱你。"
老婆："什么是爱？"
老公："爱是一直坚守承诺。"

等他们风烛残年的年纪

老公公："我爱你。"
老婆婆："什么是爱？"
老公公微笑回答："用一生坚守自己许下的承诺，这就是爱。"

爱要这样说

你在做什么？我在仰望天空。
30度的仰望是什么？
是我想念他的角度。
为什么要把头抬到30度？
为了不让我的眼泪掉下来……

——张爱玲

当你想念一个人的时候，
尽情去想念吧

　　这世间的爱情，时常会被现实和距离所叨扰。那聚少离多的爱情便在其中，太多的节日、纪念日，太多的寂寞，太多的欢喜与忧愁，都在他（她）无数的想念中度过。

　　但想念也未必一定要那么苦涩，一边想他（她），一边做一些属于自己的事情，自己想做的事情，这专注的时光和有他（她）的时光一样美好。

爱要这样说

　　　入我相思门，
　　　知我相思苦，
　　　长相思兮长相忆，
　　　短相思兮无穷极。

　　　　　　　　——李白

说好了一辈子，差一年、一个月、一天、一个时辰，都不是一辈子

老伴走了，留给他两个储钱罐，红罐装着他一生对她的好，黑罐装着他对她的恶。结婚那天，她把第一颗红星放进红罐：

"红星代表你对我好，黑三角代表你对我恶！"

他颤抖捧起黑罐，想看自己一生做了多少对不起她的事。打开，一个黑三角也没有，只有一张纸条：我只记得你的好！

爱要这样说

我希望世界赶快在这一瞬间毁灭，或是像太阳照着穷人一样，让我全身的机构一下子碎成粉末儿，布散在太空中，每一粒粉末儿中都含有对你的眷恋……

——朱生豪

爱
着

既然下辈子不能在一起了，
好好珍惜这辈子吧

三毛：如果有来生，你愿意再娶我吗？

荷西：不，我不要。如果有来生，我要活一个不一样的人生。

三毛打荷西。

荷西：你也是这么想的，不是吗？

三毛看看荷西：还真是这么想的。

既然下辈子不能在一起了，好好珍惜这辈子吧！

爱要这样说

如果，
我知道有一天会这么爱你，
我一定对你一见钟情。

——顾漫

别让时间带走你的真心

辗转只有永恒的时间，

能够见证亘古不变的爱，

历经繁华与沧桑，

总有一枝玫瑰在心间绽放。

爱要这样说

　　不要愁老之将至，你老了一定很可爱。而且，假如你老了十岁，我当然也同样老了十岁，世界也老了十岁，上帝也老了十岁，一切都是一样。

——朱生豪

当爱情变得疲惫和麻木，
用言语重燃爱意

　　爱有时不需要承诺，却需要真心表白。勇敢地说出你的爱，让对方明白，起码这是在按自己的心意快乐着，你无怨无悔。把那些甜蜜的幸福和心酸的忧伤写在青春的日记本上，作为永远的纪念。

　　很多人认为，只有恋爱中的人才需要说"我爱你"，其实对于终成眷属的爱人，也同样需要时常说出你的爱。这世上有三个字曾令多少人心潮澎湃，热泪盈眶，只需这三个字，任何再多的语言仿佛都成了一种累赘，这有着神奇魔力的三个字，便是"我爱你！"

爱要这样说

如果你是五月，
八百里为我吹开蓝空上的霞彩，
那样子来了春天，
忘掉脑膜，
我定要转过脸来，
把一串疯话全说在你的面前！

　　　　　　　　——林徽因

137

留不住时间，那便放开了去爱吧

　　每个人都是需要有一个归宿。就像是飞鸟一定会飞回巢窠；就像是落日一定会落回山下；就像是流水一定会流回大海；就像是我们的爱情一定会爱上生存，或者是死亡。世间有多少人不愿意提起这个词啊！这完全是一种小心理在作祟，往往越是放在桌面上去谈论的事情，也就越不值得担忧。

　　就像是苍老这件事情一样，既然再抵不过，不如就顺其自然吧。我们都没有可以留住时间的容器，那就爱日记中记录下的每一个相爱的瞬间。岁月改变的只是容颜，但岁月留给我们的，却是越积越厚的记忆。我们凭着记忆活着，凭着记忆一直爱着。如果真有那么一天，连记忆都消失的话，那么请你一定要原谅我，不是我不想爱，只是我忘却该如何去爱。

爱要这样说

在回忆中我消磨我的岁月；
火烧着你的形影，多么热烈！
不必寻求，你便是我的爱神；
供奉，祈祷他，便是我的事业。

——朱湘

世间最珍贵的不是"得不到"和"已失去"，而是现在能把握的幸福

从前，有一座寺庙，寺庙的横梁上有只蜘蛛结了张网，经过三千多年的修炼，蜘蛛佛性增加了不少。有一天，大风将一滴甘露吹到了蜘蛛网上。蜘蛛望着甘露，顿生喜爱之意，它觉得这是它最开心的几天。突然，又刮起了一阵大风，将甘露吹走了。蜘蛛很难过。这时佛祖来了，问它："蜘蛛，世间什么才是最珍贵的？"蜘蛛想到了甘露，对佛祖说："世间最珍贵的是'得不到'和'已失去'。"佛祖说："好，既然你有这样的认识，我让你到人间走一遭吧。"

蜘蛛投胎做了一位官宦家庭的小姐，名叫蛛儿。她16岁那天，皇帝在后花园为新科状元郎甘鹿设宴。状元郎的才艺展示令众多少女为之倾倒，蛛儿知道，这是佛祖赐予她的姻缘。

爱要这样说

这颗心对你的仰慕之情，连上天也不会拒绝。就如飞蛾扑向星星，又如黑夜追求黎明。

——雪莱

几天后，皇帝下诏，命甘鹿和长风公主完婚，蛛儿和太子芝草完婚。这一消息对蛛儿如同晴天霹雳，几日来，她不吃不喝，生命危在旦夕。太子芝草苦恋蛛儿，如果蛛儿死了，他也不想再活，便准备拔剑自刎。

　　这时，佛祖来了，对蛛儿说："蜘蛛，你可曾想过，甘露（甘鹿）是风（长风公主）带来的，最后也是风将它带走的。甘鹿是属于长风公主的，他对你不过是生命中的一段插曲。而太子芝草是当年寺庙门前的一棵小草，他爱慕了你三千年，但你却从没有低下头看过它。你说世间什么才是最珍贵的？"蜘蛛大彻大悟："世间最珍贵的不是'得不到'和'已失去'，而是现在能把握的幸福。"

爱情里充满着意外和无可奈何

随着毕加索声名鹊起，毕加索的《手拿烟斗的男孩》在巴黎几经转手，被德国的犹太巨富格奥尔格先生收藏。

格奥尔格先生有一世交好友——查·霍夫曼，一位来自美国的瓷器贸易商。霍夫曼先生的爱女贝蒂比斯帝夫小一岁，两人从小青梅竹马。那时，斯帝夫最大的乐趣就是"检查"这幅画的背面，看看小贝蒂有没有什么特殊的请求写在纸条上贴在那里，进而想尽办法满足她。贝蒂所画的第一幅素描就是手拿父亲的烟斗站在这幅画前的斯帝夫。18岁时，贝蒂把自己的素描稿作为圣诞礼物送给了斯帝夫，斯帝夫第一次吻了他心仪的女孩。

二战爆发，阴差阳错霍夫曼一家从此与斯帝夫失散。

贝蒂带着破碎的心离开了德国。

1950年，贝蒂跟随新婚的丈夫，以美国驻英国大使夫人的身份来到了伦敦。善解人意的丈夫告诉她，最近苏富比拍卖行正在举行拍卖。有许多犹太人为了筹备战后重整旗鼓的资金，正把家族祖传的艺术藏品拿出拍卖，说不定贝蒂也许能在那里碰上格奥尔格家族的成员。

在拍卖会现场，贝蒂并没有得到任何有关斯帝夫的消息，却听到了一幅画的名字："毕加索《手拿烟斗的男孩》，是盟军从德国缴获的战利品，1万美金起价，所筹款额将交给'世界犹太人基金会'。"

湿润着双眼，贝蒂举起了牌子，以2.8万美金的高价买回了这幅画。

15年后，正在花园中修剪花草的贝蒂看见仆人带着一位陌生客人来到自己的面前。客人缓缓摘下了帽子，轻声说道："你好吗？我的小贝蒂。"贝蒂的脸失去了血色，除了斯帝夫，谁会这样称呼她？他还活着！

原来，斯帝夫在波兰，目睹了父母死在战争中，而他自己居然在死人堆里被美国士兵解救了出来。由于斯帝夫当时染上了肺病，生命垂危，马上被美军送往波兰一家地方医院治疗，一年后他病愈返回德国。

1955年，他在伦敦出差时无意中在《泰晤士报》上看到了美国驻英国大使夫妇为爱因斯坦举行追悼会的照片，他敏锐地从照片上感到大使夫人就是他的小贝蒂。为了寻找小妹，斯帝夫来到伦敦，却失望地得知上任大使夫妇已于一个月前结束了任期，回到了美国。他得知贝蒂现在很幸福，便忍痛没再去找她。

斯帝夫听说贝蒂收藏了毕加索的名画《手拿烟斗的男孩》，内心无比震撼！这说明在贝蒂的心中一直珍藏着有关自己的记忆。他再也忍不住了，第二天，他就办理了去美国的签证……

当泪水把他们两人的衣襟打湿之后，贝蒂挽着斯帝夫的手臂来到了书房，给他看那幅画。他习惯性地走到那幅画前，试图翻看那幅画的背面，看看他的小姑娘是否给他留了什么纸条，两人都笑了。

斯帝夫返回柏林时，贝蒂坚持把那幅画还给斯帝夫。斯帝夫拒绝了，他说："它在你的手里，至少是我活下去的理由和勇气。"

斯帝夫回到了柏林，他快50岁的时候，才娶了奥地利姑娘爱得嘉为妻。

1996年，格鲁尼先生辞世。2年后，贝蒂的健康严重恶化，她再次致电斯帝夫，希望他能够在她活着的时候，收回他家族的画。斯帝夫到美国看望了贝蒂，说服她打消了这个想法。由此，贝蒂留下遗嘱：如果在她死后，斯帝夫先生依旧拒绝接受这幅画，那么她的儿子们可以将这幅画拍卖。拍卖收入三分之一留给她的子女，三分之一捐给世界残疾儿童基金会，三分之一捐给以斯帝夫·格奥尔格先生命名的任何慈善机构。

2003 年底，贝蒂辞世一年半后她的后人决定拍卖此画。2004 年 4 月，在伦敦的苏富比拍卖会上，《手拿烟斗的男孩》以 1.04 亿美元的成交价创造了拍卖奇迹，这位神秘的收藏者成了世人关注的对象。

直到 2004 年 11 月斯帝夫辞世，斯帝夫的后人奉他的遗嘱将一封有斯帝夫亲笔签名的信转给贝蒂的后人时，真相才终于大白——那神秘的购买者正是斯帝夫本人。

爱要这样说

原想这一次远游，就能忘记，你秀美的双眸；就能剪断，丝丝缕缕的情愫；和秋风，也吹不落的忧愁；谁曾想，到头来；山河依旧，爱也依旧；你的身影，刚在身后，又到前头。

——汪国真

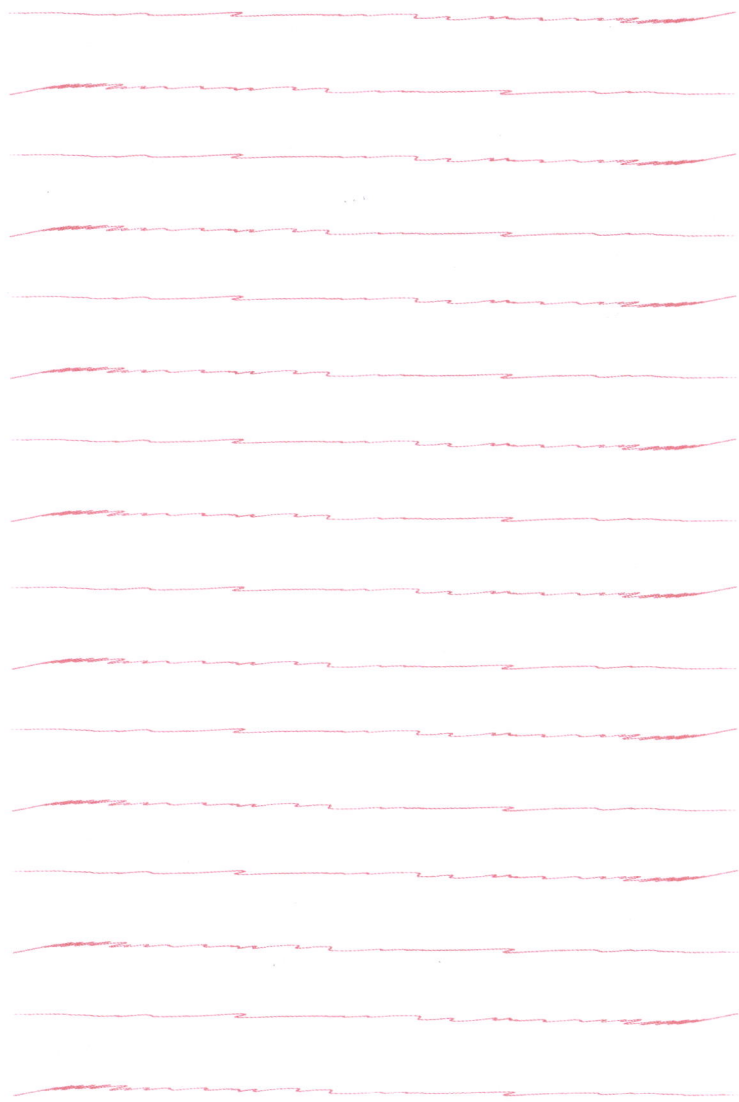

有些事，错失了，
便再也找不回最初的模样

　　人生若是没有了遗憾，又怎知当初本是应该好好地爱上一场？相爱的两个人，都以为是对方的全部，太容易就此忘记了自己。所以才会在接下来的故事里遇到解不开的难题。人世间的真爱从来都不是轻而易举就能够得到的事情，即便有过天长地久的誓言，那也只不过是年轻人一时的耳语。有些错失和伤痕，是需要用一辈子的时间去消融的。可又有几个女人，能等得起一辈子的光阴？

　　席慕容说，这个世界上有很多事情，你以为明天一定可以再继续做的；有很多人你以为一定可以再见到面的。于是，在你暂时放下手，或者暂时转过身的时候，你心中所有的，只是明日又将重聚的希望，有时候甚至连这点希望也不会感觉到。

　　爱情等不了明日，爱情甚至根本就不期盼着有任何希望。它只是想要一场现世安稳，能够在最好的年华里爱上你，能够在最长的岁月中和你相随到老。哪里来的海誓山盟，那只不过是一场骗人的童话罢了。人世间有情的女子都是那娇羞的花，恐怕还没有等到轮回，就已经凋残了色彩。

爱要这样说

　　死生契阔——与子相悦，执子之手，与子偕老是一首最悲哀的诗……生与死与离别，都是大事，不由我们支配的。比起外界的力量，我们人是多么小，多么小！可是我们偏要说："我永远和你在一起，我们一生一世都别离开"——好象我们自己做得了主似的。

——张爱玲

在可以好好爱你的时候决不放手

年轻人，哪里懂得承担，哪里又有资本来承担。摆在两个恋人前面的道路始终未卜，纵使有拳拳之心，也不见得能够尽忠于这份爱情。于是后来分了散了，都该属于常事，也没必要去责怪谁没有坚守。有时候缘分就是这样，你永远都不知道它会在什么时候开始，更不知道它会在什么时间结束。我们所能够做的事情也仅仅只是在它到来的时候，用尽全力去爱一个人；在它走掉的时候，再用尽全力让自己抽离。

身处在那个年纪中，是体会不到时间流逝的。仿佛一生的时间漫长到足够浪费，所以也从来没有人想过要把每一天都珍惜起来。在可以说爱你的时候大声说出口，然而，我们都太年轻了，谁都不明白感情究竟是怎么一回事，尽管他们把这样的牵手称之为相爱。可我们仅仅只是在这个恰好的年纪爱了，却并没有感知到自己的责任。爱，是一回事；承担爱，是另一回事。

爱要这样说

假如上帝愿意，请为我见证：
纵然我死去，
我的灵魂将爱你更深，更深！

——布朗宁

148

爱着一个人，恰似一抹暖阳

爱着你的这种力量，胜过天地万物的一切磁场。

成长充满着痛楚和漫长，我在等，在等你一件件脱落下无理取闹的行装，等你稳稳妥妥与我慢慢走过静静地时光。

爱要这样说

如果我是你的一颗泪珠，我会落到你的唇间，长驻你的心里；如果你是我的一颗泪珠，我一辈子也不会哭，因为我怕失去你……

——张爱玲

可以随时牵手，但不要随便分手

分手分得再完美，终究是伤人的。虽说如果两个人不再相爱，或不能相爱，那么分手是最好的选择。但仍然有无数男女以"分手"作为要挟，以撑起他们渺小却不自知的自尊。最终，大部分人真的分手了，却很可能失去了更多。

分手，只是因为忍受不了这疼痛。而留下来坚守的，他们是爱情的勇士。为了爱，他们忍住了疼。

爱要这样说

我欲与君相知，长命无绝衰。山无棱，江水为竭，冬雷震震，夏雨雪，天地合，乃敢与君绝！

——《上邪》

婚姻是爱情最好的见证

　　一个人，一辈子可能不止有一段爱情，但每一段爱情肯定都是不同的。而最大的不同，则是有那么一段爱情最终步入了婚姻。也许，和你结合的并不是你最爱的那个人，但这段爱情一定是最特别的。

　　好像一辆汽车，可能中途有停靠站，但只有到达终点停下来，才可能重新开始。婚姻，是爱情最好的见证，那不仅是一纸婚书的法律约束，更不仅是一生的承诺，而是对爱情最好的表达。

爱要这样说

　　我要在最细的雨中，吹出银色的花纹，让所有在场的丁香，都成为你的伴娘，我要张开梧桐的手掌，去接雨水洗脸，让水杉用软弱的笔尖，在风中写下婚约。

——顾城

154

愿有岁月可回首，且以深情共白头

　　他是天使，她是恶魔，偶然的相遇中他们相爱了。但由于身份，她只能抹泪离去，一天，她听闻一位天使因弄丢双翼，被贬入地狱。她害怕，会不会是他？来到地狱之门，她天旋地转，竟真的是他！他亦发现了她，于是推开正嘲笑自己的恶魔，来到她面前。她大哭："为什么？"他温柔地抚摸着她的头，为她拭去眼泪，笑笑："为你，我愿折断双翼，换你的一生。"

爱要这样说

　　我愿意在这步入夕阳残生的阶段里，将自己再度化为一座小桥，跨越在浅浅的溪流上，但愿亲爱的你，接住我的真诚和拥抱。

　　　　　　　　　　　　　　　　——三毛

总要有那么一两次，纯粹去爱，
输掉世界也无妨

有一部美国电影，叫《He's Just Not That Into You》（其实他没那么喜欢你），电影里有这样一段台词：

那是名叫 Gigi 的女生，在误会一个男生喜欢她，

然后表白之后发现是误会，被男生冷嘲热讽之后，说的一段话。
Gigi 说："我也许是太敏感太会小题大做，但至少那意味着我还在乎。

"你以为用上这些所有能看透女生的规则你就赢了吗？

"你也许不会再受伤，也不会再让自己出糗尴尬，但是你也永远不会再体会到那样的爱。你不是赢，是孤独。

"也许，我做了很多很傻的事情，可是我知道，这样的我会比你更快找到那个对的人。"

爱要这样说

如果有眼睛而不能见你，那么还是让它瞎了吧，有耳朵而不能听见你的声音，那么还是让它聋了吧，多少也安静一点。只要让心不要死去，因为它还能想你。

——朱生豪

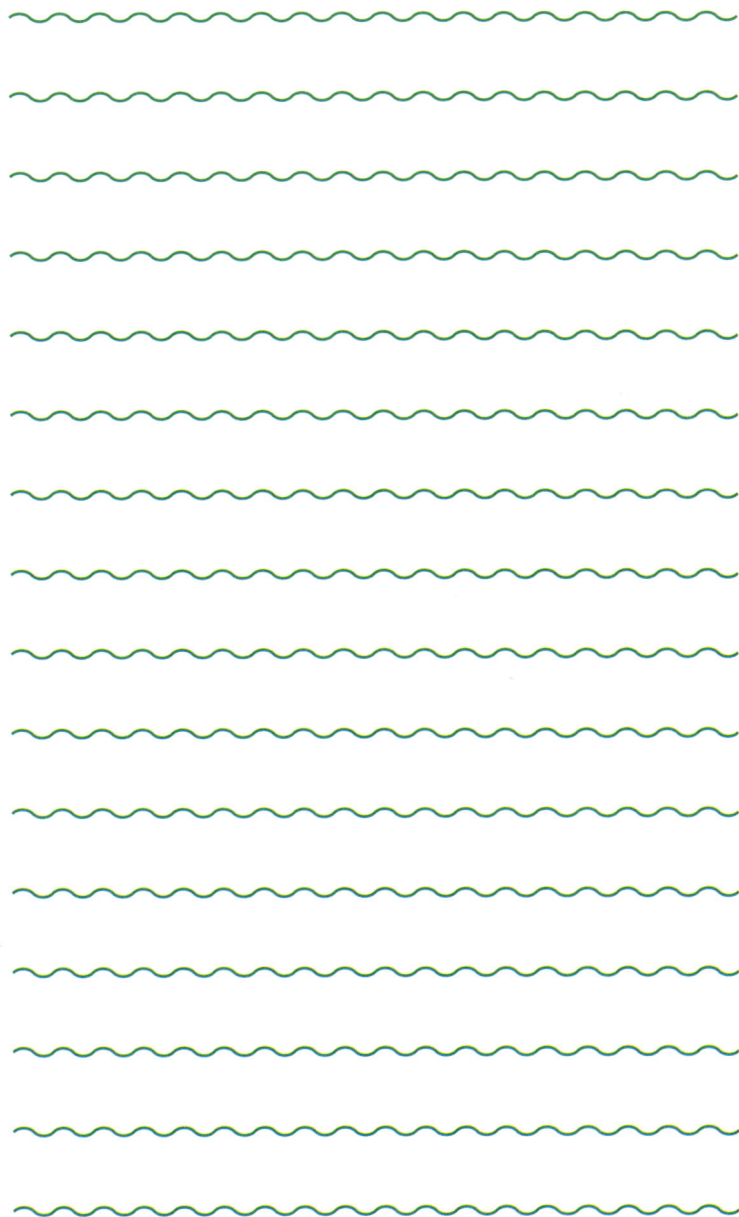

爱情没有值不值得，只有爱不爱

感情用事很容易，真正柴米油盐地生活起来却很难。每个人都在匆忙地寻找另一半，以为这样可以逃避一个人的孤单。当我们在爱中为对方付出、努力的时候，我们的心里总是升起一个问号："他值不值得我去爱？"

曾经坚定地认为可以为对方上刀山下火海的人丢了，那个满是纠结、计较的人却回来了。你将自己的一部分能量给了对方，你想要求同样的能量回报。可是当这种回报没有出现的时候，你内心的能量开始不平衡了。强大的人可以从其他方面寻找能量来源继续为对方付出，而大部分人都需要从付出的一方那里重新要回自己的能量已使得自己身心平衡。爱情最恐怖的地方，就是将爱的能量转化为恨的能量。

其实，我们应该想到，从爱的那一刻起，你就应该有承担爱的一切后果的勇气，否则何谈去爱？为爱的人所做的付出与牺牲，又怎么能问值得与不值得？你爱他，这是一场福气。如果真的哪天，你的爱丢失了。也请不要将所有的错归到对方身上，不要后悔自己曾付出过的。因为若这样，你破坏的不仅仅是你们曾经美好的回忆，更是你自己，你在否定自己曾经的所作所为。

爱要这样说

你问我爱你值不值得，
其实你应该知道，
爱就是不问值得不值得。

——张爱玲

最悲怆的爱，不是呼天抢地，
而是相顾无言

　　影视作品中经常看到男女主角生死别离之时呼天抢地的场面。因为爱，从来就是一件千回百转的事。

　　在相爱过程中，有时相顾无言比呼天抢地更让人感到悲凉。

爱要这样说

自恐多情损梵行，
入山又怕误倾城。
世间安得双全法，
不负如来不负卿。

——仓央嘉措

相爱是你手里一条蹦跳的鱼，
既然抓住了就别嫌腥气

　　没有完美无缺的人，爱情也会有瑕疵，爱情的主体不同，瑕疵也不尽相同。聪明的人会找到症结所在，进而去解决这个问题；愚蠢的人则会戴上放大镜去看待这个瑕疵。殊不知，这个所谓的保护手段，恰恰是在伤害彼此，伤害爱情。

爱要这样说

　　你说你不好的时候，我疼，疼的不知道该怎么安慰你，你说你醉的时候，我疼，疼的不能自制，思绪混乱。

——徐志摩

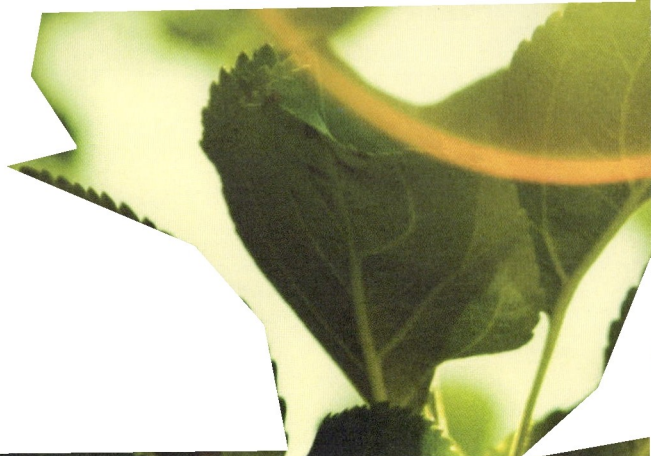

总有那么一天，你会习惯我的直来直去，我也能猜透你的口是心非

英国著名政治家狄斯瑞利是在 35 岁时才向一位有钱的、比他大 15 岁的寡妇恩玛莉求婚的，恩玛莉既不年轻也不美貌，更不聪明，她说话充满了使人发笑的文字上的与历史上的错误。例如，她"永不知道希腊人和罗马人哪一个在先"，她对服装的品位古怪，对屋舍装饰的品位奇异，但狄斯瑞利没有过分挑剔这些。无论恩玛莉在公众场所显出如何无意识，

爱要这样说

你是一树一树的花开，
是燕在梁间呢喃。
你是爱，
是暖，
是希望，
你是人间的四月天。

——林徽因

或没有思想，狄斯瑞利都不批评她；他从未说过一句责备的话；如果有人讥笑她，他立即站出来保护她。

狄斯瑞利也并不是毫无缺点，但在 30 年的婚姻生活中，恩玛莉也从未厌倦谈论她的丈夫，她总是在不断地称赞他。恩玛莉也常常幸福地告诉他与她的朋友们："谢谢他的爱，我的一生简直是一幕很长的喜剧。"

也许他不是你想象的样子，
但依然可能被你爱上

爱情其实是个无比神奇的东西，一个最初你不爱的人往往随时间的改变成了你最爱的人。你不知道这期间究竟是什么改变了你对他的看法，但可以肯定的是，他在这期间是真心实意对你好的。一个甘愿为你付出的人，上帝肯定是眷顾他的，就像这个世界上的很多事情一样，既然有所付出，那就要有所回报。

于是，你渐渐发现他（她）虽然不是你想象中的白马王子或白雪公主，但是真心对你，真心疼你，你也慢慢领悟到往往真正喜欢的类型却不适合生活在一起。上帝是公平、公正的，他不可能把你所需要的一切都给予你，但却可以给你最真挚的情感，所以你接受了那个曾经你不喜欢的人。时间是爱情的最好见证者，只有一个人对你好一世，那才是真的好。

爱要这样说

我很愿意你能得着你最初的爱恋，我愿意你快乐，因为你的快乐就和我的一样。我爱你，并不一定要你回答我，只要你能得到安慰，我心就安慰了。我还是能照样的爱你，并不一定要你知道的。

——陆小曼

相处是一个不识相的闹钟，总会唤醒爱情的梦

想你，好像也没有什么分别，在日里在夜里，在每一个恍惚的刹那间。

如果真的爱上了你，那这一生中的点点滴滴都将会在思念中度过。和他相见的时候，你满是惶恐。和他不见的时候，你却又惴惴不安。心上仿佛总是少了一些什么，不见的时候觉得缺失，见了之后又觉得不对味。如果你真的产生了这样欲说还休的感觉，那就已经证明你是掉进了情网中。

不过你可得小心啊，情网是一场战争，每一个参战的人都有可能会因此而送掉性命。有幸活下来的人，不是再也不愿意提起当年的往事，就是满脸笑意低头不语。只是从来也不需要为此而恐惧，既然是战争，就没有不伤亡的道理。但爱情只是属于两个人的战役，在一次次的炮火相向中，你会更加明白自己内心深处真正的想法，会用一次次的实际行动来验证自己究竟是爱上他，还只是又一次迷失了自己。

爱要这样说

我走在路上的时候，不停地找你。找到你的时候又躲着你，当你远去的时候又凝望着你，吃饭的时候、大笑的时候、看书写作业的时候，满满都是你，我要怎么样，才能让心停下来安静一会儿呢？哪怕是一小会。

——荷西

有目的的爱都不是真爱

在欲望前失控，是很多人恋爱失败的原因。大部分人总是在欲望的漩涡中挣扎不出来，最终死在里面。人，一旦把"欲望"写在脸上挂在嘴边上，那就意味着对方的真心离你越来越远了！但凡真正能够得到有钱男人的钱的女人莫不一脸的真诚纯善，一点心机都藏在了心脏的最里层，你看不到她征服的欲望，只看到了她傻傻的可爱，即便极品男人也纷纷落马在她的脚下。和一个欲望很强的人恋爱自然也会很累，累身累心，因为你要时刻想着承担对方的欲望，光想到这一点就足以让人疲惫。学会控制欲望，不做欲望的奴隶是我们每个恋爱中的人必须学会的。战胜欲望，重要的是学会量力而为，大方知足，不知足的人才会有贪欲。多问问自己，为对方付出了多少，而不是总想着去抢夺对方的能量。私欲和爱是不能同步的，私欲多了，爱自然少了。成长的责任就是控制我们的私欲，管理好自己。

爱要这样说

愿我如星君如月，夜夜流光相皎洁。

——范成大

174

发生摩擦的时候，将曾经细碎的小欢喜拼凑起来，就是欢喜的

　　两个原本陌生、没有任何渊源的人，只因情投意合，便共同构筑了一个家庭的城堡，心甘情愿地将自己禁锢在围城之内。因为爱情是美好的，谁都在向往与渴望。可是，两个人毕竟来自不同的环境，拥有不同的背景，要长期地共同生活在一起，自然会产生许多摩擦与碰撞。

　　当发生摩擦与矛盾的时候，不要因为自己对对方的某一点不满意而不断尝试着去改变对方，改变不了就产生抱怨，这样往往会使双方陷入不理解的泥潭。你爱这个人，就要爱他的一切，而不仅仅是他的优点，要理解他、包容他。

爱要这样说

　　爱，不是寻找一个完美的人，而是学会用完美的眼光，欣赏那个并不完美的人。因为爱你，只要你一个肯定，我就足够勇敢。

——宫崎骏

用信任释放你的爱人

　　爱是如此深切、沉重的一种感情，以至于与几乎所有的负面情绪都牵扯在一起——贪婪、占有、嫉妒、攀比、怀疑、愤怒……

　　你会发现，在感情的世界里，做到绝对的相信是那么的难。即使对方信誓旦旦的承诺，斩钉截铁地回答，你也无法彻底消除内心怀疑的冲动；要放任自由更是难上加难，恨不得时时都在自己身边，如此才能保证绝对的安全；没来由地嫉妒身边任何一位颇有姿色的女性……

　　久而久之，原本简单的事情，越发变得复杂；做朋友时明明很美好，做了恋人却反而不开心……

　　我们心甘情愿地用自由兑换爱情，心甘情愿地被束缚，换来的是不

爱要这样说

这次我离开你，
是风，
是雨，
是夜晚；
你笑了笑，
我摆一摆手，
一条寂寞的路便展向两头了。

——郑愁予

自由，"人生的大部分时间里，承诺的同义词是束缚，奈何我们向往束缚。""爱情从来都是一种束缚，恋爱是一个追求不自由的过程。"正如张小娴所说，感情里所有的束缚，都不过是我们自己心甘情愿地画地为牢。自由虽然可贵，但我们宁愿用这最宝贵的东西来换取爱情。因为爱一个人，明知会失去自由，也甘愿做出承诺。

　　如果要追求天长地久的爱，还得稍稍给自己和对方一些自由的空气，毕竟谁都不会喜欢窒息的感觉。而用誓言来为对方带上手铐脚镣的爱情也会让人不堪重负，唯有用信任来把他释放，才是正确的选择。

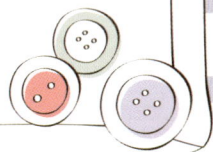

你若是射手，我心甘情愿做你的猎物

它叫，仲卿，仲卿。声声啼血，句句悲鸣。

那是在很久很久以前发生的传说。在北方的琉璃之城，有一位远近闻名的猎人，名叫仲卿。还有一只被他意外发现的负伤的鸟儿，通体都是纯白色，甚至连长长的咀也都白得发亮。仲卿心软，救下受伤的白鸟。谁知白鸟伤愈之后竟化身为美丽的少女，愿终生陪伴在仲卿左右。

这该是多么动人的传说。一个英俊少年郎，一个年方二八的姑娘，再加上如此绝美的相遇，若是再不产生爱情，故事就真的讲不下去了。于是，他们相爱，他们发誓要相守，但同时他们还要始终严格地保守着这则秘密，绝不敢让任何人知晓。

然而，故事中总是要出现转折的。那或许是一次酒醉后的意外，或

爱要这样说

如果生命只能在某一天不断重复，
你会选择哪一天？
我不在乎，只要是和你爱着的任意一天。
如果明天就是世界末日，你会如何度过今天？
我不在乎，只要世界分崩离析时你仍然在我身边

——仓央嘉措

许连酒醉都是被歹人计划好的意外。那少年郎最终说出了久藏在心底的秘密，久到他自己都快要忘记。

　　没有人会想到，这是一场轮回的开始。第二天少年上山，遇到了射伤白鸟的猎人。为了这只神仙鸟儿，两人终于动起了手。那少年又怎么可能抵得过膘肥体壮的猎人？争执打斗中，仲卿不幸坠落山崖。妻子悲痛欲绝，再次化身白鸟，从此每天在悬崖的上空盘旋，发出惨烈的悲鸣。

　　仲卿，仲卿。它这样叫着，是要给每一个过路人讲述他们之间的情事，希望人们记住，这世上曾经存在着一个如此爱她以至于连性命都可以丢弃的男人。她从来没有因为秘密被泄露而怨恨过他，她只是可怜那年纪轻轻就送掉性命的少年。

没有什么过不去，
只是再也回不去

　　现实，总是经不住岁月一次次的检视与翻阅。每到最后，总是会发现生命总有遗落的时刻。我们不得不重新捡起收藏，再一遍遍地责备当时自己的痴迷。

　　再不要为已有过的折痕而踟蹰不前。有些伤痕，即便无法掩埋，也该大度地跨过。就像是醉酒之后再不去碰令人丧失理智的黄汤，痛过之后再不去爱让人心伤的曾经。正是因为恨罢懂伤深，梦罢懂心冷，在恨过梦醒后，才更要告诉自己好好上路。人生又怎么能够因为一些错失而停下脚步？

　　无论是你犯下错误，还是他，这折痕注定会留下，你有两个选择，跨过去，往前走；或者就此别过。一旦选择跨过，要记得，永生不得提起！

爱要这样说

半截用心爱着
半截用肉体埋着
你是我的
半截的诗
不许别人更改一个字

——海子

此生天涯海角，有我相伴的决心

相爱的路上，渐渐地，就会冒出很多困难，这时便会回忆过去，疏不知，回忆是一座桥，却是通往寂寞的牢，因此，如果下定决心相伴，就要更加勇敢。

爱要这样说

你早已成我灵魂的一部，我的影子里有你的影子，我的声音里有你的声音，我的心里有你的心；鱼不能没有水，人不能没有氧气，我不能没有你的爱。

——徐志摩

世间万物，唯爱人不能比

虚荣是人类的本性，对比也是一种本能。"孩子都是自己的好，妻子都是别人的好"。世间男女都有一种奇怪的心理，即总是用自己孩子的长处去与别人孩子的短处比，而用自己爱人的短处去与别人的长处比，并陷入痛苦不满之中不能自拔。

"××家又换了一辆车，你看看你，什么时候也能像 XX 一样啊？"

"×× 老公比你帅多了！"

……

这种话，伤的不仅是人，更是爱你的心。

无论何时，在你心中，月影稀疏，他应该是最亮的那颗。青春流逝，容颜易老，他应该是最美的那个。

爱要这样说

如果我将来还可以笑一万次，我愿意将九千九百九十九次都给你，我只留一次，我要用那一次，陪你一起笑一次。

——桐华

嫉妒是爱的小火苗

当你陷入恋爱中，你会发现无论是你还是对方，都常会有莫名的嫉妒、莫名的多愁善感和莫名其妙的在乎。没来由地嫉妒他身边的异性，越是深爱，越是嫉妒。

往往很多情侣会因此而争吵，争吵的结果，罅隙越来越深，爱却流失了。殊不知，爱，是一切嫉妒的源泉，用大度与乐观的心灵消融对方的嫉妒，控制和依赖才是最好的方法。换一个角度，恰如其分的嫉妒，也刚好是调情的良方。

爱要这样说

如果我不爱你，我就不会思念你，我就不会妒忌你身边的异性，我也不会失去自信心和斗志，我更不会痛苦。如果我能够不爱你，那该多好。

——张小娴

188

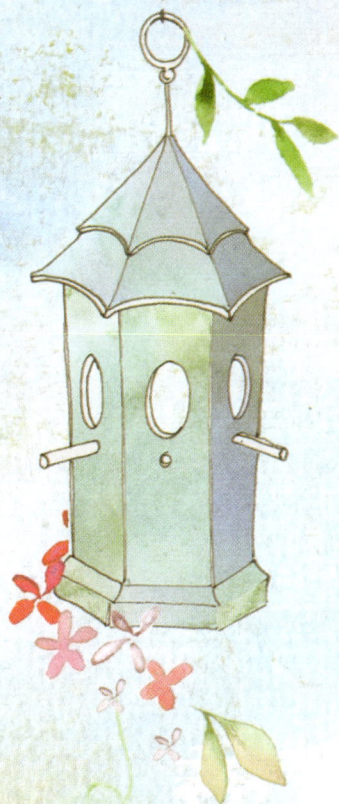

爱过

转身时，淡定，且从容，
再见，亦是另一个春天

爱情从来都不是依附，一段好的爱情，永远从你我的独立开始。别说你属于他，也别妄想着他会独属于你，在爱情里，没有谁是属于谁的。

虽然恋爱是两个人的事，但是在爱情的世界里，双方彼此都是独立的个体，而且谁都有选择的自由——选择追求自己想要的生活方式、选择怎样爱你，或者是选择爱不爱你。

只有当彼此拥有了独立的空间，任何一方在爱情里都没有陷得太深，能给对方自由呼吸的空间。彼此之间也不需通过各种各样的方式，来确认爱的存在，因为爱就在彼此的心里，它就是生活的一部分。这样的爱情，才能日久弥新。

如果，某一天，爱情成了一种附属关系，你因此而失去了本真的自己，那你失去自我的同时，也许就已经失去了爱情。

爱要这样说

我是天空里的一片云
偶尔投影在你的波心
你不必讶异
更无须欢喜
在转瞬间消灭了踪影

你我相逢在黑夜的海上
你有你的，我有我的，方向
你记得也好
最好你忘掉
在这交会时互放的光亮

——徐志摩

愿那些不能爱了的爱，
痛过之后能在心底认真而又平静地告别

从前，有一只痴情的公鼠，无法自拔地爱上了一只美丽、年轻的母猫。

猫、鼠是天敌，这注定了鼠的爱情是以悲剧结尾的。因为它和猫分别属于两个完全不同的世界，不仅如此，它们还是敌对的关系。

鼠一直暗暗地追随着猫，有一天，它发现猫一直不吃不喝的，越来越憔悴了。

当猫最终奄奄一息的时候，鼠流着泪走到猫的面前，说："你不能死，你吃了我吧！"

猫吃力地睁开了双眼，"你是谁，为什么？"

鼠说它是一只深爱着猫的鼠。

爱要这样说

我曾经爱过你
爱情 也许在我的心灵里
还没有完全消亡
但愿它不会再去打扰你
我也不想再让你难过悲伤

我曾经默默无语地
毫无指望地爱过你
我既忍受着羞怯
又忍受着嫉妒的折磨
我曾经那样真诚
那样温柔地爱过你
但愿上帝保佑你
另一个人也会像我一样地
爱你

——普希金

猫说："不可能，我们是天敌。"

故事的结局是，鼠抓破了自己的咽喉，死在了猫的面前。临死前，它对猫说："爱着你，我是痛苦的，但看着你痛苦，我又是绝望的。今生也许只有以死来解救你的痛苦，解脱我的痛苦。为你牺牲，我是幸福的，也只有这样，才能让你拥有我……"这注定是悲剧，是一场不可能的爱。

在感情的世界里，有些失去是注定的，有些缘分是永远不会有结果的。既然如此，何不放下心灵的包袱，转身离去，不再留恋不可能属于自己的人、事、物。也不再为终将不属于自己的人、事、物而弄得身心疲惫、伤痕累累。

匆匆的韶光里，我将以陌生人的身份，把你深深地藏在心底

挽着另一个男人的手出现在他面前，他终于说出分手，心安理得地离开。视野里，离开后的他不知是否由于太兴奋，竟忽视身后不远处的二人，静静地站立在原地良久，良久……女孩看着他的背影微笑。而身旁的男人把她的手握在手中，叹道："你这是何苦呢。"她忍住眼泪微笑道，"这样他才能安心地幸福。"

成全，不代表放弃，而代表对爱的坚持。因为喜欢一个人，到了一种程度，就真的会什么都为他想了。若不适合在一起，让你怀念我，总好过让我折磨你。

成全你，也是成全自我的开始。从此以后，不再为你哭泣，不再为你长久沉默。从这一刻开始，快乐的生活。用更多的时间去学习，去做更多有意义的事情，用笑脸将祝福送给你，也送给自己。

微笑告别过去，勇敢面对明天。只要坚信心中有爱，就一定会幸福。尽管你曾经让我迷茫过，孤单过，无助过，失落过。但当我们再次相遇，深沉的爱也会转换成对你淡淡的关怀。

生命的意义不曾有太多感悟，只是在这样的历程中，学会了成全。爱他，也爱自己。祝福他，也祝福自己。

爱要这样说

我爱你，
为了你的幸福，
我愿意放弃一切
——包括你。

——张爱玲

纵然伤心，也不要愁眉不展，
因为你不知，谁会爱上你的笑容

　　爱一个人就将他或她牢牢地印在心里刻在脑中，也许有一天你会跟现实妥协，急匆匆地选择另一个人过完自己的一生——过完你们永远不可能拥有爱情的一生。但你值得庆幸也可以安慰自己的是，你这一生毕竟爱过，爱过一个百万富翁，或者一个千万富翁，或者一个乞丐。即使那个你爱的人不在身边，哪怕已经成了一个虚构的形象。

爱要这样说

　　认识你的时候，
　　也就刻下你的名字，
　　问青山思恋几许，
　　岁月有多久，
　　记忆便有多久……

——汪国真

回忆是不可以代替的，然而，旧的思念会被新的爱情永远代替

"我忘不掉以前的感情，还会有新的感情到来吗？"不止一个人在失恋后问过这样的问题。

张小娴的回答是："要从失恋的痛苦中复原过来，只有一个办法，那就是学习去接受事实。事实是：这一段情已经过去了。无论这个人有多么好或坏，无论那些日子多么快乐，现在已经过去了。只有接受这个事实，你才可以忘记一个你应该忘记的人。"

事实上，谁不是一边受伤，一边学会坚强？只要你耐心等待、仔细寻找，终究会有一份新的爱情代替你旧的思念，填满你的感情世界。但一定要记得保持微笑，因为我们不会知道，下一个转角处，我们遇见的是不是自己今生的最爱。

趁着可以爱的时候还是好好地爱吧，别让你的爱情等待太久，别让你的幸福等待太久。

爱要这样说

闻君有二意，
故来相决绝。
愿得一心人，
白首不相离。

——卓文君

我割舍不下的或许不是你，
而是那个默默爱你的我

　　感情的路上，我们总是意气用事。以为只要爱上一个人，就是一生一世，我们就可以一辈子不变心。哪怕那个人离开了，我们还能等待冥冥中的缘分再度重逢。当云雾散开，当两条相交的直线越距越远，我们才幡然醒悟，原来我们自己不过是当局者迷。其实，一切都没有我们想象中的那么理想。

　　世事无常，你喜欢的人不一定会永远留在你身边，但可以肯定的是，只要那个爱你的人留在你身边，那就肯定会陪你走完今生今世。就像缘分不是强求的一样，这爱也是不能勉强的，爱更是不能买卖的。那时他（她）真爱你；可是当他（她）不爱你的时候，他（她）也许不会再看你一眼，那时，他（她）已经忘记你了。所以，爱一个人是一件艰难的事情，也是一件不能确定的事情。爱一个人，坚持、坚守、坚韧——太难！

爱要这样说

　　我一生中最幸运的两件事：一件是时间终于将我对你的爱消耗殆尽；一件是很久很久以前有一天，我遇见你。

　　　　　　　　　　　　　　　　　　——顾漫

匆匆凋谢的花蕾，错过的不是归人，只是过客

有些人闯进你的生活，只是奉了上帝的命令给你上一课，尔后转身离开。

不是每个人都适合与你白头到老，有的人，是来帮你成长的；有的人，是来和你一起生活的；有的人，是用来一辈子怀念的。

无论等待有多么艰难，最终，你会找到那个让你心甘情愿傻傻相伴的人。

爱要这样说

感谢你赠我一场空欢喜。我们有过美好的回忆，让泪水染的模糊不清。偶然想起，记忆犹新。就像当初，我爱你，不为别的，只是爱你。

——三毛

如若相爱，便携手到老；
如若错过，便护他安好

即便是要握别，也该轻轻抽离出自己的双手。年华不会就此停住，留下来不走的，只是彼此各自的记忆。思念从此生根，热泪也会汇成河流，但握别之后，依旧还要留给你我最好的祝福。明天尚未到来，我们应该始终保持最热切的期待。

若相爱，请深爱；若不爱，也请尊重分离。因为它和恋爱一样，对每个人都是痛彻心扉的事情。好好地道一声珍重，紧握的手即便是松开了，也依旧可以感受到对方的温度。这样的温度，是在时时刻刻提醒着你下一步应该更坚强地走下去，再不要因为一时脑热而掉进爱情的漩涡。

爱要这样说

那曾深爱过的人，早在告别的那天，已消失在这个世界。心中的爱和思念，都只是属于自己曾经拥有过的纪念。我想，有些事情是可以遗忘的，有些事情是可以记念的，有些事情能够心甘情愿，有些事情一直无能为力。

——安妮宝贝

你来我信你不会走，
你走我当你没来过

　　爱情就像时间老人手里的魔杖，有时你对它抱有很大的希望，到头来却发现是一场空；有时你对它心灰意冷，但是却发现柳暗花明又一村。有时候，爱情更像一场博弈，不是你投入的越多赚的就越多。爱情是一门舍得学问，你要学会在取舍中获得最大成功；爱情也是一门放弃科学，只有在该放手时就放手，才能让自己全身而退。

爱要这样说

　　红酥手，黄藤酒，满城春色宫墙柳。东风恶，欢情薄。一杯愁绪，几年离索。错，错，错！春如旧，人空瘦，泪痕红浥鲛绡透。桃花落，闲池阁，山盟虽在，锦书难托。莫，莫，莫！

——陆游

　　世情薄，人情恶，雨送黄昏花易落。晓风干，泪痕残，欲笺心事，独语斜栏。难，难，难！人成各，今非昨，病魂长似秋千索。角声寒，夜阑珊，怕人寻问，咽泪装欢。瞒，瞒，瞒！

——唐婉

哪怕只是回忆当初的美好，
也只能让现在的自己更经受不住生活

好久不见，这一句，宛如千言。

在整整一生都无法捉摸的幸福里，无论是怎样的诱饵、怎样的幻象，都只是无法忘记的忧伤。曾经美好和失落，也都暂且那样吧。我们都已经长大，再不是十六岁时候的毛头小孩。既然明白这人世间的路还是要靠自己单独一个人走下去，就再没有必要去抱怨曾经的错误，哪怕只是回忆当初的美好，也只能让现在的自己更经受不住生活。

在整整一生都无法捉摸的幸福中，你是我所有回忆的开始。在那忽明忽暗的岁月里，你是我所有记忆的点滴。有时候我也总是在想，有你在身边真好。可是那份被遗弃的爱啊，早已经在岁月中变成了苦果。苦果入心，一次次尝来，都觉得心酸。一生，有这样一次别离就足够了。当好久不见的你再次邂逅好久不见的我时，我希望能够从你的口中得到最好的祝福，祝愿我在天堂和地狱之间的抉择中，找得到宿命的轮回。你即将成为我千年都不愿意再提起的秘密，待到我只依靠着回忆存活的时候，再给我们当初的相遇献上一份祭礼。

爱要这样说

希望你下辈子不要改名，
这样我会好找你一点。
有时失去不是忧伤，
而是一种美丽。

——村上春树

将万千心事撒向似水的时间里，顺手流过的是一抹生香的花事记忆

当你以为对方已经忘记的时候，恰恰是最怀念你的时候。在爱的国度里，有一种信仰便是，只要对方幸福；有一种祝福叫，只要你过得比我好。付出比得到更能让人幸福，而且幸福得安详。

爱要这样说

刚刚好，看见你幸福的样子，于是幸福看你的幸福。

——村上春树

人心淡了之后，留一方静处等待某人来栖，想必那人一定是浅喜深爱的

去爱吧，就像从来没有受到过伤害一样；

唱歌吧，就像没有人聆听一样；

跳舞吧，就像没有人注视一样；

工作吧，就像不需要金钱一样；

生活吧，就像今天就是世界末日一样。

爱要这样说

我要你知道，这个世界上总有一个人是等着你的。不管在什么时候，不管在什么地方，反正你知道，总有这么个人。

——张爱玲

即使此刻心里没有爱，
但依然要以爱的方式行事

　　当尘埃落定回首一生的感情历程时，最美好的回忆其实不是相濡以沫白头到老的爱情，而是人生岁月中的那段没有理由无须后悔的恋情。

　　爱他的时候好好爱他，当不爱的时候，别说做朋友，也别说常联系，断了彼此，各自安好。

爱要这样深

那一晚我的船推出了河心，
澄蓝的天上托着密密的星。
那一晚你的手牵着我的手，
迷惘的星夜封锁起重愁。
那一晚你和我分定了方向，
两人各认取个生活的模样。
到如今我的船仍然在海面飘，
细弱的桅杆常在风涛里摇。
到如今太阳只在我背后徘徊，
层层的阴影留守在我周围。
到如今我还记着那一晚的天，
星光、眼泪、白茫茫的江边！

到如今我还想念你岸上的耕
种：
红花儿黄花儿朵朵的生动。
那一天我希望要走到了顶层，
蜜一般酿出那记忆的滋润。
那一天我要跨上带羽翼的箭，
望着你花园里射一个满弦。
那一天你要听到马般的歌唱，
那便是我静候着你的赞赏。
那一天你要看到零乱的花影，
那便是我私闯入当年的边
境！

　　　　　　　　——林徽因

217

图书在版编目（ＣＩＰ）数据

如果你爱我，给我写一封情书 / 糖炒栗子著 . — 长
春：北方妇女儿童出版社，2016.9
ISBN 978-7-5385-9049-4

Ⅰ．①如… Ⅱ．①糖… Ⅲ．①散文集－中国－现代②
散文集－中国－当代 Ⅳ．① I266

中国版本图书馆 CIP 数据核字 (2016) 第 048034 号

出 版 人　刘　刚
出版统筹　师晓晖
策　　划　马百岗
责任编辑　鲁　娜
责任校对　张晓峰
封面设计　红杉林
开　　本　880mm×1230mm　　1/32
印　　张　7
字　　数　160 千字
印　　刷　北京富达印务有限公司
版　　次　2016 年 9 月第 1 版
印　　次　2016 年 9 月第 1 次印刷

出　　版　北方妇女儿童出版社
发　　行　北方妇女儿童出版社
地　　址　长春市人民大街 4646 号
　　　　　邮　编：130021
电　　话　编辑部：0431-86037512
　　　　　发行科：0431-85640624

定　　价：36.00 元